COSMÓDROMO

Rubén Azorín

Título: Cosmódromo
© Rubén Azorín Antón
Noviembre 2016
ISBN: 978-8461762736
Ilustración y maqueta de cubierta: Alexia Jorques

Agradecimientos

A mi hermano JuanVicente Azorín, por adentrarse conmigo en la estepa siberiana.

ÍNDICE

La construcción del Cosmódromo Vostochni u Oriental fue aprobada por Vladimir Putin el 6 de noviembre de 2007. Se encuentra en la remota región de Amur, Siberia, a 6000 kilómetros al este de Moscú, en una posición meridional de clima severo cuyas temperaturas oscilan entre los 40 y -40 grados, con una densidad de población de poco más de dos habitantes por kilómetro cuadrado, en aquellas fechas, y desde donde se facilitan los lanzamientos a la órbita ecuatorial.

La inversión pública para Vostochni superó los diez mil millones de dólares y, aunque en un primer momento complementó las actividades del antiguo cosmódromo ruso de Baikonur, acabó por sustituirlo para evitar las grandes inversiones necesarias en aquellas instalaciones de Kazajistán, puesto que tras la fragmentación de la URSS quedaron en territorio extranjero y por tanto era necesario pagar para poder usarlas. También incorporó a sus instalaciones el cosmódromo de Svobodni.

La primera piedra de Vostochni se colocó en enero de 2011 y se dio por finalizado en 2019, aunque la funcionalidad completa del complejo y los primeros lanzamientos tripulados se produjeron en 2020.

COSMONAUTA YURI

«Una sonda de exploración no está preparada para llevar tripulantes.»

Ese fue mi primer pensamiento al recobrar la consciencia. Exactamente el mismo que antes de someterme a la sedación. Incluso llegué a pensar que el tiempo no había transcurrido y que por lo tanto seguía en la vaina de criosueño aguardando la ignición, lejos del control táctico de lo que iba a ser una exploración espacial teleguiada y paradójicamente tripulada por un único cosmonauta.

Y ese fue también mi corolario, que transmití al comandante Bostok unas horas antes ese mismo día. Ese mismo día en el que toda mi carrera de Relaciones Internacionales en el MGIMO, toda mi preparación en la Universidad Estatal Aeroespacial de Siberia y todos mis anhelos profesionales y personales se vieron trocados. Ese mismo día en que el comandante me comunicó que la misión tripulada a Marte se había cancelado y que se me había designado para realizar una travesía alrededor del Sistema Solar en una sonda experimental.

El comunicado no admitía réplica. Fue una orden que sin dudar me dispuse a cumplir. Pese al vuelco mental que supuso, de inmediato comprendí que los meses de entrenamiento sujeto al Programa de Vuelos Espaciales Tripulados y las exhaustivas pruebas de animación suspendida bajo hipotermia apuntaban a un objetivo más lejano, y posiblemente más oscuro, que el Planeta Rojo. De inmediato, también pensé en mi familia.

Quizá por eso fue difícil ocultar mis reticencias interiores.

Pero, en ese momento, al despertar en aquel diminuto habitáculo de apenas un metro de diámetro y comprobar que no respondía el panel de control manual y que tampoco lo hacían los sistemas de comunicación con Misión, supuse que mis temores no eran infundados. He de reconocer que, en cierto modo, me alegró la posibilidad de encontrarme todavía en la propia base. Aquel viaje con objetivo desconocido y en completa soledad era mucho menos atractivo que la conquista de Marte, y mucho más peligroso. No soy un cobarde, mi hoja de servicio así lo demuestra, pero tampoco soy un loco. ¿Por qué aquel brusco cambio de planes? ¿Por qué no dedicar más tiempo a prepararlo concienzudamente?

Tras varios intentos por establecer contacto con Control de Tierra para confirmar el lanzamiento fallido e implorar que me sacasen de allí, forcé la manija auxiliar para salir de la cámara de hibernación. A continuación me propuse abandonar la sonda, que obviamente no había sido diseñada para alojar vida. Intenté programar una apertura interior de emergencia. Nada respondía. Con el paso de los minutos empecé a inquietarme pese a mi rigurosa formación.

Pronto decidí probar con métodos más agresivos y me serví de mi propio cuerpo para forzarla. Aún me notaba débil por la sedación, supuse, pero la escotilla acabó cediendo.

El Complejo de Lanzamiento se encontraba desierto. Nada fuera de lo común, ya que estaba dispuesto para un nuevo despegue. Sin embargo, al descubrir que la esclusa estaba abierta, comprendí que la situación dejaba de ser normal. ¿Cómo era posible? Si Control de Misión estaba al corriente del fallo en el despegue y había liberado la cámara, ¿cómo no habían enviado a nadie para socorrerme?

Pero mis sorpresas no acabaron ahí. Crucé la esclusa y abandoné el Complejo de Lanzamiento a través del túnel subterráneo que lo conecta directamente con el MIK, edificio de ensamblaje y procesamiento de naves espaciales, y con el PK, *Punk Komandny* o Puesto de Mando de Lanzamiento, ambos parte de la Estación de Tierra, situada a unos quinientos metros de la lanzadera. Pues bien, al ingresar en el PK encontré las salas principales vacías. Algo imposible, pues aquel edificio albergaba los equipos de vigilancia y el personal responsable de la cuenta atrás en los lanzamientos. Continué avanzando hasta llegar a la Sala de Control de Lanzamiento que encontré vacía. Pude comprobar que todas las estancias a mi paso también estaban desiertas. En la Sala de Control de Lanzamiento están los dos bancos de mando, compuestos por cuatro monitores y dos consolas cada uno. Solo dos de los ocho monitores estaban en funcionamiento. Normalmente se usan para ofrecer la información sobre todas las fases de la cuenta atrás durante la ignición, pero los datos que mostraban ese momento me resultaban incompresibles. También se alojan en esta sala la consola de control principal para el sistema de extinción de incendios en la lanzadera y la consola de lanzamiento, la mítica consola que requiere de una clave y una llave física para poder iniciar la cuenta atrás. Literalmente.

Ante tan anómala situación, me senté frente a la consola de lanzamiento para reflexionar, tratando de buscar una explicación lógica a aquella soledad. No la había, o por lo menos yo no era capaz de encontrarla en el estado en el que me encontraba. Al cabo de unos minutos, víctima de una extrema flojedad que, exenta de hambre, obviaba una acuciante necesidad de restaurar el glucógeno en mis músculos, me obligué a postergar mis cábalas para ir en busca de alimento. En pocas ocasiones había visitado aquel tosco edificio, pues por mi condición de cosmonauta no se requería mi presencia allí. Pero como en todo edificio del Complejo, debía haber una sala de avituallamiento y relax donde los operarios podían acudir a tomar algo y descansar. Seguí las indicaciones que a la sazón encontré y a ella me dirigí.

La hallé también desierta. Sin embargo, las máquinas expendedoras se lucían colmadas de alimentos y bebidas. No fue necesario forzarlas, respondían sin necesidad de créditos.

Devoré los *snacks* de carbohidratos y proteínas e hice un esfuerzo por ingerir el refresco isotónico de un solo trago. Casi derrumbado en una solitaria mesa, mi cuerpo parecía no querer acompañarme en el festín. Me costaba tragar y me debatía entre continuos escalofríos y los sudores propios de un estado febril. Pero no fui consciente de todos estos síntomas hasta después de haber terminado. Solo entonces pude prestar atención a cuanto me rodeaba: una gran matriz de sillas y mesas limpias y ordenadas en hileras, una larga barra de *self-service* con todas sus vitrinas vacías. Sentí en mi interior una sensación de inquietud. De pronto empecé a valorar la precariedad de mi estado y tuve un atisbo de la dimensión de lo que estaba sucediendo.

Sin apenas esperanzas, grité frente a la barra para movilizar a quienesquiera tuviesen que atender aquella cafetería. No esperé a una posible respuesta y, aturdido, volví con premura hasta la Sala de Control de Lanzamiento para constatar que seguía vacía. Excepto por los dos monitores que continuaban en funcionamiento, la apariencia de toda la estancia era como si hubiese sido recogida antes de un largo periodo de inactividad.

En ese momento fui plenamente consciente de que nada encajaba y me asaltó un funesto presentimiento. Busqué la hora en los paneles principales. No la encontré. La busqué en los monitores encendidos, pero ninguno de ellos la mostraba y tampoco respondían a mis instrucciones. ¿Cómo era posible? ¿No podía consultar la hora en la Sala de Control de Lanzamiento?

Incrédulo ante aquel contrasentido, recordé el enorme reloj digital que regía en la Cámara de Lanzamiento. Me supuso un gran esfuerzo recorrer de nuevo, a buen ritmo, los casi quinientos metros que me separaban de ella. Nada más rebasar la angosta galería que le daba acceso, volví a quedar pasmado y confundido. La sonda de exploración de la que acababa de bajar ya no se encontraba allí.

Las manos me temblaban y todo mi cuerpo tiritaba. Tuve que luchar con todas mis fuerzas para recuperar el oremus y pensar. Sin duda la sonda habría vuelto de forma automática al lugar donde se almacenasen, y debió hacerlo por el mismo conducto por el que la vi aparecer pocas horas antes del intento de lanzamiento. Aceptando esta explicación volví a encontrar el ánimo suficiente para dirigir la vista hacia el reloj. Los dígitos de la cuenta atrás se habían detenido en cero, pero la hora marcaba las 21:00. Eso significaba que habían pasado cuatro horas sobre la programada para el lanzamiento. ¿Cuánto tiempo habría permanecido inconsciente? Eso podría explicar, en parte, mi deteriorado estado físico y algo de lo que estaba sucediendo, pero no todo. Y digo no todo porque creo firmemente que los responsables de la misión nunca habrían desalojado el edificio abandonándome allí.

Llegado a este punto me propuse mantener la mayor serenidad posible para desvelar el misterio de inmediato. Volví al PK e inspeccioné una a una las salas que componían aquella fortaleza de hormigón armado de dos plantas. Nadie en su interior. Y no solo eso, también estaban ordenadas e impolutas como si estuviesen por estrenar o llevasen mucho tiempo abandonadas. Una opresiva sensación de claustrofobia me invadió, inmerso en aquellos doce mil metros cúbicos de hormigón. Efectivamente, un diseño preñado de toneladas de cemento, metal y piedra garantiza la resistencia del edificio ante un terremoto de magnitud ocho y lo protege hasta de una eventual explosión de cohetes.

Por ello están restringidas las ventanas al exterior, todas las paredes superan el metro de espesor y todas las puertas son acorazadas. Aquello era un auténtico búnker que acrecentaba mi agónica tensión. Abrumado por mi absoluta soledad, no podía dejar de razonarme lo imposible de que tras un lanzamiento fallido todo el personal hubiese desalojado el edificio, incluido Bostok, el comandante de Misión.

Imposible. Imposible y desconcertante.

Me desabroché el traje Orlan MKS ligero que recrudecía mi aprensión y me dirigí a la puerta de salida decidido a tomar aire y deshacerme de él.

Estaba sellada y con un aviso que prohibía toda salida o acceso al edificio.

Volví al túnel y enfilé al MIK, el edificio de montaje y ensamblaje horizontal, donde por fortuna estaba permitido el acceso. Al entrar percibí por primera vez la grandiosidad de aquel colosal recinto de casi cuatro mil metros cuadrados. Y digo esto porque las particiones de los distintos lugares de trabajo del edificio de procesamiento habían desaparecido. Las habían retirado. Solo rompían el enorme vacío los andamios especializados, las cestas elevadoras y las dos enormes grúas de cincuenta toneladas situadas sobre mi cabeza a unos treinta metros del suelo y cruzando en horizontal los cuarenta metros del edificio. Tan solo un día antes había estado allí y el panorama que encontré era totalmente diferente. Tampoco parecía haber nadie. Antes de indagar más, probé a abrir una puerta que había a pocos metros y llegué a la sala de entrenamiento que me puso a prueba durante cientos de horas de sacrificio. Estaba, cómo no, vacía. Pasé a los vestuarios y en mi taquilla se encontraba la indumentaria tal y como la había dejado. Me desprendí del incómodo traje espacial, me enjuagué la cara y me refresqué la nuca y las muñecas. Algo más repuesto salí resuelto a terminar de inspeccionar el hangar y encontrar a alguien que todavía permaneciese en él.

Llevé mi mano al bolsillo interior de la chaqueta, ¿cómo no lo había pensado antes? Pero el teléfono móvil no estaba. Rebusqué entre mi indumentaria. Todos mis enseres personales estaban allí, excepto el móvil. ¿Pude olvidarlo? Imposible, lo había usado para despedirme de mi familia.

De regreso a la gran sala, me dirigí al único compartimento que quedaba en pie. Contenía parte de la nave RSMars. La nave que tenía previsto comandar antes de que la misión se cancelase. El sistema de control de clima y filtros seguía en funcionamiento para mantener el nivel de esterilidad en la atmósfera. La nave estaba sellada herméticamente y no había forma de acceder a ella. El resto también se encontraba desierto.

Solo podía hacer una cosa y era tratar de establecer comunicación con alguien del exterior. Comprobé en algunos puntos de acceso digitales que la intranet del edificio seguía operativa y traté de configurar los *routers* para comunicar con el exterior. Sin éxito. Tras comprobar que el portón principal y la entrada de personal estaban cerradas, volví al edificio de Control de Lanzamiento por los subterráneos. Revisé una a una las casi treinta habitaciones de la planta inferior y luego continué con las de la superior. No había ni un solo teléfono y las terminales que estaban en funcionamiento no respondían a mis demandas. Por el momento las dejé, ya tendría tiempo de volver a ellas.

Regresé al Puesto de Mando y luego a la Cámara de Lanzamiento. Todo seguía exactamente igual. El único reloj en funcionamiento de aquellos dos edificios del Cosmódromo marcaba las 23:45.

Creía estar preparado para afrontar una situación como aquella. Había sido entrenado para soportar la terrible soledad del espacio, las fuertes presiones y hasta para un posible contacto con seres de otro planeta. Pero no puedo negarlo, una sensación de desasosiego, de asfixia, como nunca antes había sentido, se apoderó de mí. Luché contra ella, sabedor de que el tiempo jugaba en mi contra. Era el momento de hacer lo más sensato si quería seguir manteniendo la cordura. Debía tomar mis propias decisiones. Debía abandonar la zona de Control de Tierra del Cosmódromo y volver a casa. Ya habría tiempo de hablar con el comandante.

«Queda terminantemente prohibida toda salida o acceso a este edificio».

Me planté frente a aquella orden que colgaba sobre la única puerta de salida del búnker y que pesaba como una losa en mi ánimo. ¿Cómo era posible? ¿Quién y cuándo lo habría ordenado? ¿Y por qué? ¿Para quién podría ir dirigido? ¿Se refería a mí?

Resultaba evidente que solo yo podía ser el destinatario, ya que era el único morador de la base. Entonces… ¿Por qué especificaba que tampoco se permitía el acceso? Mi mente empezó a trabajar, aquello solo podía significar que tras prepararme y sedarme para el lanzamiento debió ocurrir algo realmente grave, algo que obligó a todo el personal a evacuar la base tan precipitadamente que resolvieron dejarme allí.

Esto lo explicaba todo. ¿Todo? ¿Y por qué se encontraba todo ordenado y limpio como si hubiesen recogido con calma y luego dejado actuar a la brigada de limpieza?

¿Limpio?

Busqué a mi alrededor y me aproximé al mostrador más cercano. El aspecto era impecable, pero al pasar el dedo dejó un surco revelando una fina capa de polvo.

Aquella lucha interior se prolongó por un tiempo. Una parte de mí pugnaba por encontrar una explicación racional a todo aquello y la otra se dedicaba a desmentirla una y otra vez. Cada batalla perdida iba pesando más en mi espíritu.

Algo no iba bien. Afirmar lo contrario era una insensatez. Era absurdo.

Nunca he desobedecido una orden y no iba a hacerlo en aquel momento, así que ni intenté abrir la puerta. Aquella orden, me argumenté, se acotaba a la misma cámara. No impedía que tratase de abandonar las instalaciones por otro lugar. No había más conexiones con las otras instalaciones del Cosmódromo, así que volví al MIK. El enorme portón principal para aeronaves estaba cerrado y no respondía al tratar de activarlo desde el panel lateral. La puerta auxiliar para personal se encontraba cerrada y con otro aviso que rezaba: «Prohibido acceder o abandonar las instalaciones», aquella nueva referencia a no abandonar los edificios rompía mi precaria coartada y me intranquilizó todavía más.

Había seis ventanales enormes en uno de los lados del enorme edificio, separados unos de otros por pocos metros. Cada uno era un rectángulo que llegaba del suelo al techo. Me acerqué al primero de ellos. La parte inferior empezaba a la altura de mi cintura, mediría unos tres metros de ancho y se encontraba protegido en su totalidad por una sólida reja de acero. Fuera, la oscuridad era casi total y no podía ver más allá de unos pocos metros. Nieve y oscuridad, nada más. Me asomé al resto de los ventanales con idéntico resultado.

Acepté la situación y me resigné a pasar aquella noche en la base, a la mañana siguiente todo se aclararía con la vuelta del personal.

Necesitaba encontrar un lugar donde descansar y la amplitud de aquel edificio me abrumaba. Así que volví a Control de Lanzamiento, ya que en la planta superior había despachos con unos sofás más que confortables. Nada más entrar en el PK, recordé el surco que había dejado mi dedo sobre el mostrador y una nueva posible explicación ganó terreno en mi interior.

Me dirigí directamente al despacho del comandante de la misión ubicado en la segunda planta. La puerta estaba abierta. Era una sala cuadrada con una pizarra en blanco, estanterías vacías y una mesa de despacho. El ordenador que había sobre ella no se encendía, como si no recibiese corriente. El primer cajón se encontraba ligeramente abierto y encontré en su interior el dosier de la misión de exploración para la que había sido seleccionado. Solo dedicaron unas horas a explicarme los pormenores de esta nueva misión, algo que analizándolo desde mi nueva perspectiva era inconcebible. Casi tan anómalo como lo que me estaba sucediendo. En aquel dosier se explicaba todo con mayor detalle. Me habían asegurado que la nueva misión tendría una duración similar a la del viaje a Marte y que mi familia sería puntualmente informada.

El tiempo previsto para llevar a cabo la misión de Marte no podía ser suficiente para completar la vuelta al Sistema Solar. Pero todo tenía una explicación. Pronto descubrí en el dosier que en el viaje de vuelta, después de orbitar Plutón, la nave alcanzaría velocidades próximas a la de la luz. No era un experto en matemática aplicada, pero aquel dato apoyaba mi nueva intuición. Al no haber ni papel ni bolígrafo, me serví de la pizarra que tanto le gustaba usar al comandante Bostok para tratar de aplicar la ecuación de Einstein de desfase temporal a los tiempos y las velocidades contenidos en el dosier. Los cálculos fueron aproximados, pero suficientes para intuir que mis sospechas tenían fundamento.

¿Y si la misión de exploración se había llevado a cabo? ¿Y si durante todo el viaje había permanecido inconsciente o simplemente no lo recordaba? Quizá la mente humana no estuviera preparada para soportar tales velocidades. ¿Y si habían transcurrido pocos meses para mí, pero varios años en la Tierra como reflejaba la aproximación de la pizarra?

Si daba esa premisa por cierta, el razonamiento de un desalojo forzado cobraba más sentido. Este desalojo podría haber sucedido en cualquier momento de los últimos meses. También explicaría mi desmayo pese a la sonda intravenosa de la nave. ¿Y cómo encajaban los avisos de que nadie debía entrar o salir de la base?

Manteniendo mi suposición como cierta, no pude dejar de preguntarme sobre lo que habría sucedido con mis familiares.

Decidí apartar temporalmente todos estos pensamientos y darme una ducha con una doble intención. Por un lado, calmarme, y, por otro, inspeccionar mi cuerpo. Sabía que esto último podría ponerme sobre la pista acertada. Las rojeces bajo las axilas y los glúteos bien podrían ser consecuencia de haber permanecido en una misma postura durante un largo periodo de tiempo. Aunque lo más preocupante fueron las escamas halladas en mi antebrazo, en la cara interior de los muslos y en algunas zonas de la espalda. Al pasar la mano sobre ellas, noté que se desprendían restos de piel como ocurre en la muda de piel de una serpiente. En ese instante me volvieron con fuerza las dudas y los miedos. Volví a inspeccionar sala a sala todo el edificio en busca de algo que pudiera indicarme en qué fecha me encontraba. Sin éxito. Esa imposibilidad de medir el tiempo resultaba espantosa.

Solo podía ver el paso de las horas en los dígitos de la Cámara de Lanzamiento y a ella acudí desesperado. Era un nuevo día, pues habían vuelto a contar desde las 0:00 horas. En realidad, no llevaba tanto tiempo de vuelta en la base, apenas unas horas. No podía desmoronarme. Así que renuncié a encontrar más hipotéticas respuestas y decidí dormir.

Un sofá carmesí situado en una sala previa a la zona de despachos del segundo piso fue el lugar elegido para pasar mi primera noche. Y las sucesivas…

Antes he dicho que llevaba pocas horas solo en la base y que, por tanto, no había motivo para ser catastrófico. Pues bien, como la situación apenas varió desde entonces, sí empecé a ver tal motivo. A la mañana siguiente no acudió nadie a la base y lo mismo sucedió el resto de mañanas. Los días se sucedían idénticos, repetitivos. Me sentía un náufrago atrapado en aquella base espacial, incluso tachaba los días en la pared, junto al sofá, para tratar de recuperar el espejismo de poder controlar el tiempo. No quisiera aburrir al hipotético lector con estas memorias, por eso a partir de este punto voy a centrarme en los hechos que más me llamaron la atención en los siguientes días.

Como ya he dicho, jamás he desobedecido una orden y así me propuse que seguiría siendo. Mi intención no era salir de la estación, solo quería comprobar si era factible hacerlo. Todas las salidas estaban cerradas y no hallé modo alguno de desactivar la seguridad. Constatar este hecho acrecentó en mí el desasosiego. Mi reclusión no era voluntaria, estaba realmente atrapado.

Pasé horas observando el exterior a través de los amplios ventanales del MIK. No encontré ningún indicio de que pudiese haber alguien afuera. Desde allí podía ver la estación principal de control en tierra, el llamado VKIP. En él se realizan las operaciones de procesamiento de telemetría, la predicción de trayectorias de vuelo y el mantenimiento de la sincronización exacta de las misiones. No pude detectar ningún movimiento en las cercanías de la entrada principal. Junto al VKIP podía vislumbrar las instalaciones de radar y de seguimiento óptico de los lanzamientos. Dieciocho torres de hormigón que lo circundan y que son necesarias para el seguimiento y la comunicación. Al fondo destacaba una estructura de celosía de unos ochenta y cinco metros de altura, apodada la Torre Eiffel. Estaba diseñada para una calibración exacta de las antenas de Control de Tierra. Todo parecía en perfecto estado, pero sin vida. Contemplar aquel edificio e instalaciones me hizo preguntarme cuál era el motivo por el que solo tenía acceso a aquellos dos edificios y a ninguno más de los casi quinientos que componían la totalidad del Cosmódromo. También hizo que me plantease la idea de tratar de servirme de aquellas torres para buscar alguna forma de comunicación con el exterior.

La comida y la bebida de las máquinas expendedoras jamás se agotaban. Se reponían puntualmente todos los días a las 0:00 horas. Permanecí horas frente a ellas hasta desvelar el misterio y asistí en varias ocasiones al proceso automático de reposición.

Justo una semana después de mi confinamiento volví al despacho de Bostok, mi comandante de misión. Forcé todos los cajones sin romperlos y después extraje el disco duro de su torre para tratar de leerlo desde otra terminal. No me enorgullezco de esta acción, pero necesitaba algo de luz sobre mi situación en la base. Gracias a que en la SibGAU también seguí el programa formativo como ingeniero informático experto en seguridad, conseguí sortear en uno de los terminales el bloqueo al que estaban sujetos todos los equipos informáticos y desmonté la CPU para poder interactuar con ellos. Eso sí, me seguía resultando imposible acceder a internet o salir fuera de la intranet. Volviendo al asunto, después de desbloquear el ordenador me resultó relativamente sencillo conectar el disco duro y extraer la información que contenía, casi diría que la habían dejado allí para mí.

Así descubrí que la misión a Marte para la que había sido destinado junto a mi equipo había sido abortada meses antes de que se nos comunicara. Los motivos no estaban especificados de forma clara. Cotejando varias informaciones llegué a la conclusión de que la principal causa la achacaban a que no se disponía de tiempo suficiente para situar un contingente ruso permanente en Marte. ¿Un asentamiento en Marte? Aquello no tenía sentido para mí. El verdadero desafío era lograr que una misión tripulada llegase al Planeta Rojo, y conseguirlo antes de que lo hiciese cualquier otra potencia. Jamás se nos informó de la idea de establecer una colonia en su superficie. Pero lo más intrigante era que en varios lugares se indicaba que lo prioritario era dar un salto. «Debido a la escasez de tiempo, la única solución factible es saltar».

Al parecer, en los últimos meses de entrenamiento el objetivo real era elegir a los saltadores. Tanto de los cinco tripulantes que integraban mi misión, como de otras tres misiones programadas para pocos años después y de las que no tenía conocimiento. Solo se podía elegir a uno. Se hablaba de una selección natural, de una competición entre nosotros sin usar la fuerza, por eso no se nos puso sobre aviso. Pese a las múltiples referencias, en ningún lugar se especificaba en qué consistía el citado salto y tampoco las razones del escaso tiempo. Quizá se refiriese a la inminente llegada de China o de Estados Unidos a Marte. En las misiones se usaría tecnología experimental, como nanotecnología para anular la radiación solar e innovadores métodos de animación suspendida. No puedo ser más específico para evitar revelar información clasificada.

Ahora quiero hablar del punto más controvertido y el desencadenante de todo. Tengo que relatar la llegada del *visitante*. Así lo llamé. Permanecer varios meses completamente solo en aquella base me estaba haciendo perder la cabeza. Yo creía que la soledad me estaba poniendo a prueba a todos los niveles, pero estaba equivocado. Cuando realmente me vi puesto a prueba, fue cuando empecé a cuestionarme mi propia soledad.

Disciplinado, mantenía puntualmente el horario del Complejo. En cierta ocasión, durante el segundo turno de almuerzo, mientras consumía mi ración de *snacks* en el área de restauración, sentí una potente convulsión que estremeció todo mi cuerpo. Y a toda la base. Después se escuchó un sonido eléctrico acompañado de un desvanecimiento momentáneo de toda la energía del Complejo. Y silencio. Todo volvió a la normalidad en pocos segundos, excepto mi vello ionizado, completamente erizado.

Fue un tiempo después cuando asocié aquel episodio con la llegada del *visitante*. Desde ese día empecé a sentir una presencia. Una creciente sensación de desasosiego que acabó convirtiéndose en una obsesión. Ya no me sentía solo, ya no me sentía seguro. Atrancaba la puerta antes de dormir, miraba por encima del hombro al cruzar cada pasillo. Para demostrarme que no me había vuelto loco, registré ambos edificios en innumerables ocasiones buscando indicios que probaran que aquella presencia era real y no se encontraba solo en mi imaginación. Pues yo sabía que no estaba solo. Y los encontré. Cosa que solo consiguió inquietarme todavía más. A continuación expongo las pruebas encontradas para que el esforzado lector juzgue si son concluyentes:

1.- La pizarra. El problema que resolví usando la pizarra del comandante había sido modificado. Ahora el resultado era ligeramente diferente.

2.- Los *snacks*. Las máquinas expendedoras siempre reponían la comida a las 0:00 horas. En un par de ocasiones encontré algunos estantes incompletos en mi primera visita del día.

3.- La X. La más extraña y contundente. Cierto día apareció pintada una gran equis blanca en uno de los ventanales del MIK. Este hecho me atormentó durante muchas noches.

El descubrir por segunda vez la falta de alimentos en una de las filas de los *snacks* me provocó una reacción incontrolada y violenta.

Lancé una de las sillas contra uno de los ojos de buey. Al instante me amonesté por la reacción, pero al comprobar que el cristal no había experimentado daño alguno, me pregunté el porqué de aquella resistencia. Sabía que las luces al exterior eran blindadas en tres capas, pero nunca pensé que mi ataque pudiera ser tan insignificante. Me propuse comprobar su nivel de resistencia para considerarlas como una posible vía de escape. Utilicé objetos más contundentes y no conseguí infligir ni un solo rasguño. Después lo intenté con los enormes ventanales del edificio de procesamiento de naves espaciales. Y el mismo resultado. Usé el puente grúa con el peso de un contenedor como bola de demolición para estrellarla contra el ventanal. Solo conseguí afectar a las rejas de protección, sin causar ni un arañazo a la estructura de vidrio. No podía saberlo a ciencia cierta, pero ese blindaje excedía al proyectado en su construcción.

Estas fallidas pruebas no hacían más que acrecentar mi sensación de cautividad y aumentar mi inquietud hasta el punto de afectar gravemente a mi estabilidad mental. A mi soledad se añadía una claustrofóbica sensación de encontrarme encerrado y vigilado que iba resquebrajando mi personalidad.

Mi mente era un torbellino, necesitaba con desesperación una explicación racional a lo que me estaba sucediendo. Una solución a aquella intolerable situación. Empecé por barajar diferentes hipótesis y esbocé teorías enfermizas fruto de mi desequilibrio mental. Por ejemplo: los llamados «saltos» me obsesionaban de tal forma que llegué a pensar que podrían tratarse de saltos interdimensionales. Quizá me hallase en el mismo lugar, pero en otro plano de la realidad. Quizá estaba rodeado de gente que no podía ver y vagaba entre ellos como un espectro. Incluso probé una forma de comunicarme, pero no funcionó. También consideré la posibilidad de encontrarme en una réplica del Cosmódromo situado en otro planeta y estar en el asentamiento ruso que se pretendía inicialmente. Por último, llegué a pensar que el visitante era yo mismo, una especie de yo alternativo creado a raíz del viaje. Otro yo físico. Por mi mente pasó la posibilidad de volver a activar la sonda para lanzarme de nuevo al espacio y así salir de allí, ¿cabría la posibilidad de que en un futuro pusiese en práctica esta idea? ¿Es posible que ese yo del futuro al regresar lo hiciese a este mismo tiempo? Una suposición descabellada y sin base sólida, pero real en mi cabeza.

Llegué a odiar a aquel supuesto visitante que desafiaba mi cordura. Lo acusé de ser la principal causa de todos mis problemas. ¿Por qué no se daba a conocer? ¿Se burlaba de mí? ¿Qué pretendía? Incluso me decidí a escribir estas memorias para que pudiera leerlas una vez que yo ya no estuviera o, en cualquier caso, que pudiesen servir de justificación de mis actos ante los dirigentes de la misión antes de juzgarme. Mi odio y frustración eran tan grandes que llegué a imaginar mil formas de venganza contra aquel individuo cuando lo encontrase. Le haría pagar por toda aquella tortura. Y disfrutaría.

Los últimos días caí en un profundo abatimiento físico y mental. Apenas comía y no lograba conciliar el sueño. Estaba decidido a abandonarme y morir. Fuera lo que fuese a lo que me había enfrentado, prueba, examen o lid con el *visitante*, había perdido. No podía presentarme ante mis superiores con tamaño deshonor. Fue en una de mis febriles vigilias cuando recordé la existencia de una salida de emergencia provisional ubicada sobre los estrechos pasillos laterales que bordeaban el edificio a pocos metros del techo. Dicha salida se clausuraría cuando se terminasen las obras en las grúas superiores, y estaba casi seguro de que el día de mi despegue en la nueva misión, las obras no habían concluido.

¿Podría continuar aquel fallo de seguridad en la base? No perdía nada por comprobarlo y también podría servirme para constatar que realmente me encontraba en la misma base y no en una réplica de la misma en cualquier otro lugar.

La salida de emergencia continuaba allí. Apoyé mi peso sobre la barra horizontal de hierro y escuché el clic, pero no me atreví a abrirla. Desde la terraza me sería sencillo llegar al suelo por la escalera vertical en forma de grapas y desde allí tomar uno de los trenes que conectaban con la zona residencial creada en Tsiolkovski, destinada para las familias de los miles de trabajadores del Cosmódromo. Sin embargo, deseché aquella seductora posibilidad porque mi situación había cambiado radicalmente y hasta parecía haberse hecho reconfortante. Ahora me encontraba allí por decisión propia y no por imposición. Aquel simple hecho resultó muy importante para mi ánimo. Pasé los siguientes días reponiendo fuerzas y dedicando todo mi esfuerzo en el intento de desvelar el misterio en el que me hallaba envuelto. Intentando mantener mi mente ocupada.

Pocos días después de haber recuperado el ánimo ocurrió algo que precipitó los acontecimientos. Fue el día en el que descubrí la gran equis blanca pintada en un ventanal del MIK. Ya no había lugar a dudas. Me estaba volviendo loco. Había fallado. No solo había fallado, además era un estorbo potencial para la misión. No permitiría que mis paranoias interfiriesen en el cumplimiento de aquella misión, pues de alguna forma estaba seguro de que todo aquello sucedía con un propósito perfectamente planificado y de suma importancia. Me vi obligado a quitarme de en medio. O me dejaba morir o me marchaba de la base.

Elegí la segunda opción. Estaba decidido a infringir la orden que prohibía la salida, pero no infringiría la de entrada. Así que, una vez fuera, cerraría la puerta y no habría manera humana de volver a entrar.

Estas apresuradas memorias las escribí poco después de tomar aquella decisión. He querido dejar por escrito mis descubrimientos y el motivo, aunque injustificado, por el que decidí incumplir las órdenes. También lo hago para pedir disculpas al comandante Bostok por no haber estado a la altura y agradecer el haber gozado de su confianza durante todos estos años. Quizá todo esto esté de más, quizá pueda volver pronto y hablar con el comandante en persona y entre carcajadas. Sin embargo, algo me dice que si abandono esta base nunca más volveré a entrar en ella.

Yuri Kokarev, doscientos diez días después de mi regreso al Cosmódromo.

COSMÓDROMO VOSTOCHNI

El cosmódromo Vostochni se construyó cerca de la pequeña ciudad de Uglegorsk. Acompañaron sus obras las del nacimiento de Tsiolkovski, una nueva ciudad que acabaría por fagocitar a la primigenia.

El emplazamiento del Cosmódromo no se eligió al azar. Se le puso el nombre de Uglegorsk («ugol» en ruso significa «carbón») para no llamar la atención sobre la división de misiles estratégicos que albergaba desde 1969 en su distrito de Svobodni. Y por construirse en aquel distrito, se llamó Svobodni a su primer centro espacial, que desde 1996 realizaba algunos de los lanzamientos que no se hacían en Baikonur.

Uglegorsk, donde nunca se extrajo carbón, contaba hasta hace poco con una población de siete mil personas, casi todas trabajando en el programa espacial o en servicios asociados a ello.

Tsiolkovski, que sigue pareciendo un nuevo barrio, hasta hace unos meses acogía a veinte mil personas y por sus ciclovías seguían llegando especialistas reubicados desde Baikonur y de otras ciudades rusas para poblar los apartamentos de sus cinco edificios residenciales, sus tiendas, sus jardines con piscinas y sus edificios de oficinas. Tiene parque de bomberos y está conectado con las principales instalaciones del Cosmódromo mediante autobús y por una nueva estación de ferrocarril. La ciudad se puede recorrer en unos pocos minutos. El deporte recibe especial atención en este lugar.

Uglegorsk y Tsiolkovski, empero, eran ciudades cerradas y fuertemente militarizadas a las que solo podían acceder los residentes o las personas con pase especial.

En 2007 se detuvo la actividad en Svobodni y comenzó la construcción del cosmódromo Vostochni, que lo dobló en tamaño.

El Cosmódromo está localizado al este de la ciudad madre y consta de más de quinientas instalaciones diferentes. Su superficie total disponible supera los mil kilómetros cuadrados.

Las instalaciones principales del Cosmódromo se agrupan en diferentes zonas. Se han tendido cientos de kilómetros de ferrocarriles y de carreteras para conectar todos estos puntos.

Mantiene dos rampas de lanzamiento para los cohetes Soyuz y Angará ubicadas en el área 1. La estructura más importante es el anillo con el «Tulipán», el conjunto de brazos mecánicos que sujeta el lanzador por la zona media y por la base, tan característico del cohete Soyuz. También destaca una torre de servicio móvil (MBO) de cincuenta metros de alto que protege al lanzador y donde se integra la carga útil de forma vertical. Dispone asimismo de una tercera rampa en el área 2 desde donde despega el cohete reutilizable MKRN. El edificio de montaje y ensamblaje horizontal (MIK) está también localizado en el área 2.

Son cuatro los principales componentes del Cosmódromo: el Control de Tierra, un complejo de equipos de medición, recopilación y procesamiento de datos, ubicado al este de la ciudad de Tsiolkovski y conectado a la vía principal de ferrocarril; los Complejos de Despegue, ubicados en las áreas 1 y 2; más al este, el Complejo Técnico; más al sur de este último, el Depósito de Combustible.

Hasta aquí las instalaciones oficiales, pero se sabe que la zona de Control de Tierra está emplazada sobre los silos dedicados a los misiles.

Y se rumorea que muy cerca, aprovechando estos silos, se han construido un nuevo MIK y un novedoso complejo subterráneo capaz del lanzamiento y la reentrada de sondas menores.

COSMONAUTA ALEKSEI

Aleksei Popov deja las memorias de su colega sobre la mesa. Es la tercera vez que las lee y es la tercera vez que le dejan un sabor amargo. Un sabor a culpabilidad. Él era el visitante que su colega tanto odiaba y a quien tantos problemas había causado. Tantos como para llegar al extremo de forzar su partida de la base. No le faltaban motivos para culparse. Él fue quien corrigió el problema matemático planteado en la pizarra del despacho del jefe de misión de ambos. También fue el responsable de la falta de raciones en la máquina expendedora de *snacks*. Tardó unos días en averiguar el funcionamiento de aquellas máquinas, momento en el que entendió que solo debía utilizarlas poco antes de las 0:00, hora en la que se reponían automáticamente. Sin embargo, algo le inquietaba. Él no había sido responsable de la equis pintada en el ventanal del edificio de montaje y ensamblaje horizontal. Solo había una explicación para aquella equis; siguiendo las reglas de deducción natural, se concluía que el autor no podía haber sido otro que su desquiciado compañero.

Por supuesto, su intención no había sido atormentar a su compañero Yuri Kokarev; ahora por fin sabe su nombre. En muchas ocasiones había pensado en darse a conocer, pero el instinto de supervivencia le obligaba siempre a desconfiar y a postergar un poco más el anuncio de su presencia. Prefirió estudiar la manera de comportarse del otro cosmonauta antes de hacer nada. Un comportamiento que se evidenciaba algo paranoico y que le llevó a recelar cada vez más de sus verdaderas intenciones.

Por otro lado, aquellas memorias explicaban muchas cosas. Su propia llegada a la base había sido incluso más traumática que la de su compañero. Siempre aceptando como premisa que Yuri estuviese en lo cierto y que el viaje realmente se hubiese llevado a cabo.

La oscuridad era total cuando Aleksei recobró el conocimiento. Las sujeciones le impedían moverse y los paneles de control y comunicación tampoco respondían. No podría ni aproximar el tiempo que permaneció en aquel estado. Se desvanecía y despertaba desorientado. Por fortuna, una de las veces que despertó, las sujeciones se habían liberado de forma automática. Esto le dio ánimos para incorporarse y forzar la cápsula para intentar salir. Lo consiguió de una forma muy similar a la descrita por Yuri en sus memorias.

Recuerda que, una vez fuera de la nave, no tocaba pie y la completa oscuridad lo mantuvo paralizado. Finalmente tuvo que arriesgarse a saltar al vacío. El piso resultó estar a apenas un metro, pero tomar aquella decisión, que podía haberle costado la vida, le tuvo atormentado y no se decidió hasta llegar a asumir el riesgo como el mal menor. Ahora, después de leer las memorias de Yuri, deduce que su sonda debió autorrecogerse en la Sala de Almacenamiento antes de que volviese en sí.

Pero al pisar suelo firme, al contrario que su colega, él dio por hecho que había realizado el viaje y que se hallaba en el lugar que Misión. Salió de la cápsula con la escafandra operativa hasta que comprobó que la atmósfera era respirable; aun así tardó un tiempo en retirársela. Pronto descubrió que había electricidad y que se encontraba en una gran cámara de techo muy alto y en forma de cono invertido. Dos plataformas con cuatro soportes en anillo albergaban dos sondas idénticas. La segunda era en la que él había viajado y a su derecha había anclajes para otras dos más. Un raíl cruzaba por delante de los soportes-nidos de las cápsulas y se perdía por el techo cónico. El resto era hormigón y cables protegidos por gruesos tubos de acero de diferentes colores.

El no reconocer la cámara donde había descendido, le confirmó que había realizado con éxito el viaje y que se encontraba en su estación de destino. Pero estaba equivocado, como aventuraba Yuri en sus memorias, aquel lugar era simplemente el hangar de almacenamiento de las sondas.

El hecho de que nadie lo hubiese recibido no le sorprendió tanto como a su compañero, pues él iba a ser el primer inquilino de la exobase. La imposibilidad de cualquier contacto con Misión era más alarmante, ya que evidenciaba fallos en la comunicación. Todo cambió al conseguir desbloquear la estrecha puerta que cerraba aquella cámara y que daba paso a un angosto túnel de elevada pendiente que cruzó con cautela. Necesitó poco tiempo para descubrir que se hallaba en el interior del edificio de Control de Lanzamiento del Cosmódromo. No sabría decir qué le causó mayor impacto, si el encontrarse en otro planeta como había supuesto en un primer momento, o descubrir que se hallaba en el mismo lugar desde el que había partido. Ahora no había explicación para justificar que nadie lo hubiese recibido.

Actuó con frialdad, para eso había sido entrenado. Se quitó el casco y comprobó que podía respirar sin problema. La ausencia de personal no alteró para nada sus planes. Se dirigió a su taquilla en el MIK, se aseó y se cambió de indumentaria. Después inspeccionó en su totalidad los dos edificios a los que tenía acceso y comprobó que la base se encontraba desierta. Descubrió que la salida y la entrada quedaban terminantemente prohibidas. El reloj de la Sala de Lanzadera marcaba las 4:09 cuando volvió a revisar el Complejo de Lanzamiento, pero no le concedió tanta importancia como lo hizo Yuri. Finalmente optó por tomar algo de las máquinas expendedoras, lo único comestible en toda la base, y esperar a que volviera el personal. Se encontraba exhausto.

Según transcurría el tiempo y perduraba la insólita situación, se vio asediado por aciagos presagios. No se permitía entrar o salir de aquellos edificios. ¿Podría prolongarse por mucho tiempo aquella prohibición y no solo por unas horas como había pensado al descubrirla? Luchaba por mantenerse firme, pero le costaba refrenar la creciente inquietud. Durante el recorrido por los edificios le llamó la atención descubrir un cálculo equivocado en la pizarra del comandante de Misión. Como físico y matemático no lo pasó por alto. Resolver problemas le ayudaba a relajarse y a pensar. Así que, al recordarlo, volvió al despacho de Bostok para aplicarle la corrección que exigía. Quien lo hubiese desarrollado había cometido un error al calcular la distancia comóvil y el desfase temporal era de 9,94 años. Lo subsanó de forma mecánica y tampoco concedió mayor importancia a aquel resultado. En aquel entonces no lo asoció con lo que le estaba sucediendo. Le gustaba recordar al americano R. Feynman, quien sugería que mientras se resuelve un problema no hay por qué preocuparse.

Hasta aquel momento Aleksei había conseguido permanecer con la mente fría, distante a lo que le estaba ocurriendo. Se propuso mantenerse así hasta el día siguiente. Todo tendría una explicación.

Las dos acciones que había llevado a cabo, comer y corregir el cálculo, realizadas con toda naturalidad y sin malicia alguna poco después de recobrar la consciencia, fueron las que tanto atormentaron a su compañero. Pero fue mientras no era consciente de su presencia. Lo descubrió por primera vez cuando se dirigía a la planta superior del PK para descansar. Escuchó pasos, ruidos e incluso una voz. Aquello le alarmó. Había registrado la base y no había nadie más. ¿Cómo era posible? ¿Habrían regresado los operarios? Optó por la opción más cobarde, pero más segura. Mantenerse oculto y espiar al propietario de la voz. No lo conocía y su comportamiento no le transmitió confianza. Parecía confuso, desorientado, paranoico. ¿Quién era aquel individuo? ¿Habría más?

Decidió no revelar su presencia. Así que volvió a la Sala de Almacenamiento de las sondas y selló la puerta desde dentro. Esperaría al día siguiente.

Los días sucesivos fueron muy similares. Según estudiaba los movimientos del otro inquilino, aumentaban sus recelos y cada vez lo consideraba como una mayor amenaza potencial. Nada de lo que le veía hacer tenía lógica. Y en ocasiones presentaba un comportamiento violento, como por ejemplo lanzar sillas y objetos contra las ventanas. Decidió, por tanto, permanecer oculto. La situación escapaba a su control y no pensaba mover ficha hasta tener algo más claro.

Unos días después dejó de escucharlo. Registró la base y no lo encontró. Simplemente desapareció. Pero no podía fiarse, en su primer registro tampoco lo vio y poco después estaba allí. Durante aquella nueva inspección sí encontró algo. En la sala de *catering* todas las mesas estaban volcadas y las sillas esparcidas por el suelo. Todas menos una. Sobre ella le esperaban las memorias que acababa de releer. Ahora sí estaba completamente solo y él era el principal responsable de ello. Nunca imaginó que su comportamiento prudente pudiese desencadenar aquello.

Aleksei se puso en pie y se dirigió de nuevo al despacho del comandante Bostok. Si Yuri estaba en lo cierto, la pizarra que tenía ante él guardaba el verdadero significado de los saltos a los que hacía referencia el dosier y que obviamente no había sabido descifrar. Sin duda los denominados saltos no eran sino saltos temporales. Todo apuntaba a que la misión de su compañero Yuri no tenía otro objetivo que proyectar a su ocupante en un salto temporal. Trasladarlo a un futuro de casi diez años.

Por lo tanto, la misión sí tenía un propósito claramente definido.

Su propia misión a un asentamiento secreto ruso en la superficie de Marte, al parecer también se trataba de otra tapadera y el verdadero objetivo era exactamente el mismo. Un salto en el tiempo. Pero ¿para qué? ¿Por qué no decírselo? ¿Cuál era el propósito real de aquellos saltos? ¿Por qué el Cosmódromo se encontraba vacío, pero en funcionamiento? ¿Por qué no se permitía salir ni entrar a nadie?

Su mente se sumió en una desbocada corriente de conjeturas entretejidas que sin representar más que indeterminaciones, no había forma de frenar. Consciente de la necesidad de dominar sus pensamientos y sujetarlos a la lógica, comprendió que debía serenarse. Decidió adentrarse en el botiquín de la farmacia para buscar un fármaco que en ocasiones le había servido para aliviar episodios de ansiedad. Su consumo estaba supeditado a un informe médico previo en caso de un cosmonauta, pero lo había tomado muy moderadamente y solo en ocasiones extremas. En dosis tan reducidas que nunca habían afectado a sus revisiones médicas.

Aleksei, algo más relajado, sale del despacho y se dirige directamente al pabellón de montaje y ensamblaje, justo donde estaba la equis que Yuri aseguraba no haber marcado. Era una gran X blanca del tamaño de una persona. ¿Podría tratarse de una señal que indicase una salida? Parecía estar hecha con la espuma de un extintor de polvo químico seco. Se acerca para estudiarla con más detenimiento y mientras recorre la sustancia pegajosa adherida a la superficie del cristal con las yemas de los dedos, nota que algo o alguien se mueve al otro lado. Aleksei se separa de un salto y cae al suelo al perder el equilibrio. Cuando se puede incorporar lo ve con claridad, al otro lado de la equis está Yuri, en pie y con la mirada ida. Con los pulsos del corazón acelerados, se separa otro paso más. Ambos quedan durante unos instantes frente a frente. Aturdido, Aleksei abandona el gigantesco edificio para refugiarse en la Sala de Almacenamiento.

¿Cómo era posible? ¿Qué hacía allí Yuri? ¿Por qué no había vuelto a Tsiolkovski con su familia como insinuaba en las memorias?

Por fortuna, Aleksei Popov en aquella época no tenía mujer ni hijos ni nadie que esperase su regreso. Tampoco vínculos estrechos con nadie que pudiera estar fuera. Siempre había sido un lobo solitario, reservado, cerebral, celoso de sus sentimientos y parco en relaciones. Para él no era tan traumático enfrentarse a aquel aislamiento como lo había sido para su compañero. Pero la presencia de Yuri al otro lado del cristal planteaba graves interrogantes, pues carecía de toda lógica, y solo a la lógica obedecían los devaneos de Aleksei. ¿Cuál era el motivo? Lo lógico era que hubiese vuelto con su familia, lo lógico era regresar a la base acompañado de personal del edificio o las con autoridades competentes. Su presencia allí solo podía significar que algo terrible había ocurrido al otro lado del ventanal, algo tan terrible que le hubiese obligado a volver al aislamiento que tantos problemas le había causado, incluso a sabiendas de que le iba a ser imposible la entrada. El cálculo de diez años volvió con fuerza a su mente. ¿Y si realmente habían saltado diez años hacia el futuro? ¿Qué podría haber ocurrido en el planeta durante ese periodo? ¿Había ocurrido algo en el Cosmódromo? ¿Y si sabían que algo iba a ocurrir y el objetivo era mantenerlos alejados? ¿Y si no lo dijeron para que no se filtrara?

Un mar de dudas volvió a inundar su mente durante toda la noche. Prefirió no cenar para evitar la visión de los cristales exteriores. Ingirió otra píldora para atajar la incesante cascada de pensamientos acelerados y desordenados. Si no se controlaba, pronto debería volver a la farmacia o se quedaría sin ellas.

La dosis funcionó. Al despertar supo que había podido dormir porque se encontraba despejado y lúcido. Obraría con rigor. La presencia de Yuri en el exterior constataba que algo no iba bien. Necesitaba saber lo que había ocurrido y descubrirlo sin abandonar la base. Estaba prohibido, al igual que no estaba permitido el acceso a nadie desde el exterior. Por eso tampoco dejaría entrar a Yuri. Incumplir cualquiera de estas dos normas podría exponer la seguridad de la base a alguna amenaza desconocida. Estaba decidido. Ocurriese lo que ocurriese no abandonaría aquellos dos edificios y no dejaría entrar a Yuri.

Lo más razonable para obtener algo de luz sobre lo que acontecía era intentar contactar con el exterior. Su colega comprobó que internet no funcionaba, pero podrían existir otras formas de comunicación. También necesitaba conocer el motivo de su presencia allí y el trabajo que se esperaba que desempeñase. No era lógico que los que consiguieron ponerlos a salvo con un salto temporal no hubiesen trazado un meticuloso plan para ellos.

Necesita comer para reponer fuerzas y ponerse en marcha, así que se dirige al *catering*, extrae un par de barritas energéticas de las máquinas expendedoras y las toma en la única mesa que está en pie. Sobre ella todavía permanecen las memorias de su colega Yuri Kokarev.

Se había propuesto no evitar al cosmonauta Yuri, pero al verlo aparecer ahora al otro lado del ojo de buey, siente un nudo en el estómago que le hace perder el apetito. Yuri permanece quieto allí afuera, observándolo. Viste con la misma ropa que cuando estaba en la base.

Aleksei, inquieto, extrae más comida para llevársela. Antes de abandonar la estancia no puede evitar mirar los ojos de buey. Yuri continúa allí. Ahora parece indicarle con un gesto que se dirija al otro edificio.

No sabe por qué lo hace, pero atiende a su demanda y se dirige al MIK. Quizá se lo deba. Lo encuentra de nuevo esperándole en el primer ventanal. Su compañero desterrado le hace un gesto para que lo siga. Aleksei camina en paralelo a Yuri, que le acompaña tras cada uno de los ventanales mientras atraviesa el enorme hangar.

Antes de alcanzar el otro extremo, Yuri se detiene justo detrás de la enorme equis pintada. Aleksei no comprende lo que trata de decirle su compañero hasta que advierte que aquella es una segunda equis. En el ventanal de su derecha hay otra.

Aleksei, impresionado, deja caer las provisiones que todavía llevaba en las manos y se apoya en las rejas para no perder el equilibrio. El rostro casi burlón de Yuri no deja de observarle desde el otro lado.

Aleksei había concluido que el autor de la primera equis tuvo que ser el propio Yuri, pero la implicación de esta segunda equis le impide aceptar la validez de su razonamiento. Se aproxima con cautela. El instinto le lleva a mantenerse alejado del cristal, alejado de la presencia de su colega. Finalmente se acerca un poco más, necesita volver a tocar la espuma seca de la equis con sus propias manos para cerciorarse de que está marcada por dentro y no desde el exterior. Al apoyar la mano,

Yuri casi se pega contra el cristal. Aleksei logra mantenerse firme y no retroceder. Sigue el trazo con los dedos y su compañero le imita desde el otro lado, como el reflejo de un espejo. Al levantar la mirada se topa frente a frente con el rostro de su compañero. Venas antes inexistentes en el blanco de los ojos de Yuri aparecen de pronto al teñirse de rojo y no tarda en ver cómo se derraman en un hilo de sangre por la nariz. Aleksei separa con dificultad la mano de la espuma, es como si la tuviese pegada.

Abandona la sala y corre hasta los lavabos. Pone la cabeza bajo un chorro de agua fría. Dirige la vista contra el espejo; no puede evitar examinar sus ojos y su nariz. Casi espera ver manar su sangre. Por fortuna no es así. Respira profundamente. Él no presenta esos síntomas. No puede dejarse llevar por el engaño del pánico. Inquieto y con un esfuerzo de autodeterminación, inspecciona las duchas y los retretes. No hay nadie. Vuelve frente al espejo sin perder de vista la puerta.

Come a desgana contemplando su reflejo. ¿Quién ha pintado la segunda equis? Esto lo complica todo aún más. ¿Habrá alguien más en la base? Antes de abandonar la sala, se fabrica un arma casera y se dirige a la sala donde se almacenan las naves de exploración. Allí se refugia en su sonda y vuelve a controlar su respiración. Intenta hacer que funcione el panel de control manual. Nada funciona. Lo mismo sucede cuando prueba desde la cápsula de Yuri. Desmonta las antenas de ambas cápsulas y permanece un tiempo allí encerrado tratando de ordenar sus ideas.

Finalmente decide volver a revisar todas las estancias, ahora con la esperanza de encontrar algo que le pueda ser de utilidad para comunicarse con el exterior. Antes de acceder a cada sala, aprieta con fuerza la improvisada arma. Este recorrido le sirve también para comprobar si hay alguien más, quizá sea esto último su principal objetivo. El único ordenador que funciona es el que usó Yuri para acceder al contenido del disco duro del comandante.

Vuelve a la Sala de Almacenamiento cargando con el ordenador y atranca la puerta nada más entrar. Se tumba y trata de serenarse y descansar. Muy lejos de conseguir dormir, las ideas que se arremolinan en su mente parecen un juego para poner a prueba su cordura. No sabría aproximar cuánto tiempo permanece en aquel estado. Siente cómo un sudor frío empapa su cuello y espalda. El puño apretado contiene una gragea en su interior. No quiere usarla. Nunca antes había tomado tantas dosis seguidas. Se incorpora y pasea alrededor de la sala. La tentación es demasiado fuerte y para evitar tomarla decide volver a recuperar las barritas que dejó caer bajo la segunda equis.

Come bajo la constante vigilancia de Yuri. El comportamiento de su compañero no es normal. Nunca ha tratado de comunicarse con él y tampoco le ha pedido que le permita entrar. Se limita a permanecer allí frente a él. Aleksei se aproxima a la ventana y gesticula, pero Yuri no responde. Después presta atención a toda la parte exterior que se puede ver desde allí. Solo hay nieve. Nunca ha visto a nadie más y tampoco huellas, ni siquiera puede ver las de Yuri. Ahora repara en que tampoco hay animales ni insectos. Tampoco recuerda que haya llovido o nevado desde que está allí. Fuerza la vista al máximo, pero a pocos metros una especie de bruma lo difumina todo.

Se dirige al Centro de Entrenamiento. Conecta algunas máquinas de simulación y comprueba que están operativas. Una sesión de ejercicio físico intenso le vendrá bien para despejarse y poder razonar con claridad. Cuando termina, se dirige a los lavabos y se da una ducha. Desde que ha aparecido la nueva y enigmática equis no puede evitar mirar a su espalda y cerrar tras de sí las puertas.

Se siente inseguro.

Tras asearse va directo a la Sala de Almacenamiento, pues ha estado considerando otra posibilidad mientras hacía ejercicio.

Las cajas negras.

Un ingeniero amigo suyo le comentó antes de emprender el viaje que su cápsula estaría equipada con un sofisticado y a la vez rudimentario sistema de medición y almacenamiento de datos. Al departamento que dirigía su amigo le había sido encomendada la tarea de crear una especie de caja negra para la sonda. Le comentó que más que una petición fue una orden y recibió continuas presiones para que estuviese lista cuanto antes. Urgencia y amenazas. Aseguró socarrón que, ocurriese lo que ocurriese, todo lo relativo al viaje y a las constantes vitales de su ocupante quedaría almacenado y seguro. Le explicó que era un sistema novedoso y rudimentario a la vez porque nunca se había usado antes y porque se emplearon almacenamientos físicos similares a los utilizados en las misiones Apolo. Con esto ocuparía más espacio pero sería inmune a la radiación solar, a los pulsos electromagnéticos y a casi todo.

Aleksei se ve obligado a fabricar unas herramientas para poder desmontar el panel de control de su cápsula. Todo en la nave es prácticamente hermético y sin juntas. Finalmente consigue extraer la supuesta caja negra. Observa el objeto con curiosidad, sin duda es ese. Su amigo le comentó que tenía forma de lágrima negra. Aquel nuevo desafío es estimulante y casi necesario para aplacar su estado. Con estos retos su mente se evade del resto de problemas. Antes de ponerse manos a la obra, debe prepararlo todo a conciencia pues necesitará muchas horas, quizá días. No debe haber interrupciones. Lo hará en aquella misma sala, es donde más seguro se siente.

Abandona la estancia con una decisión y confianza hace tiempo perdidas. Extrae unos rollos de papel de unas impresoras especiales, se hace con un tablero y un pie que pueden servir como mesa de arquitecto. Por último, se dirige a la Sala de Avituallamiento y vacía las máquinas de comida y bebida, incluso saluda a su compañero Yuri, que no le corresponde.

De vuelta a la Cámara de Almacenamiento, revisa con detenimiento todo el material y comprueba que se encuentra todo dispuesto. Satisfecho, atranca la puerta y toma la lágrima negra casi de forma reverencial.

Las primeras horas son las más frustrantes. No consigue nada. Llega a dudar de que realmente aquel recipiente contenga información, pero no se rinde. Duerme y come allí. Trabaja sin descanso ignorando el paso de las horas. Solo repara en el inexorable avance del tiempo cuando las reservas de comida se agotan. Cosa que le exaspera, odia interrumpir el trabajo.

Finalmente obtiene resultados. Consigue volcar con éxito en dos enormes ficheros los datos contenidos en la lágrima. Satisfecho y abrumado por el ingente aglomerado numérico, imprime dos secciones al azar y deposita los folios sobre el atril. Los estudia paseando alrededor de la mesa. Tampoco los pierde de vista mientras come los últimos *snacks* caminando de un lado a otro de la sala. Necesita identificar y separar del resto los datos referentes al ocupante y sus constantes vitales. Luego debe ser capaz de diferenciar entre los datos almacenados relativos al estado de operatividad de la sonda y, por último, aislar los datos referentes a la trayectoria, tiempos y distancias.

La tarea es sumamente compleja. Consulta el ordenador y va imprimiendo nuevas secuencias hasta prácticamente empapelar la habitación con aquellas cadenas de números.

No consigue identificar un patrón claro.

Mientras permanece trabajando allí el tiempo, inmedible, se estira y contrae sin patrón. Hay momentos que vuela y otros que parece ralentizarse. Los envoltorios de comida son su única forma empírica de medirlo. Extenuado mentalmente, sale por primera vez para hacer ejercicio a la Sala de Entrenamiento. Aquel periodo de inactividad cognitiva es un bálsamo.

Después de asearse no deja de aprovisionarse en el *catering*. Lo hace apresuradamente; ya tiene una idea clara de su próximo paso. Mientras clasifica los alimentos sobre la mesa, en la ventana reaparece la silueta de su compañero. La bruma le impide distinguir sus rasgos faciales hasta que este se acerca más y más. ¿Por qué siempre se encuentra allí? Da igual el momento en que acuda. Siempre le espera allí. ¿Qué comerá? Ya no sangra por la nariz y los ojos han recuperado la normalidad. Se apiada de él, incluso le gustaría poder hacerle llegar algo de alimento. Pero no hay tiempo que perder, vuelve a la Sala de Almacenamiento y abre la cápsula de su compañero Yuri. ¿Dispondrá también de una lágrima? Ambas cápsulas son iguales por dentro. Efectivamente, la lágrima también es idéntica. Su nueva idea es contrastar los datos de ambas cruzando la información y así obtener patrones de forma más sencilla.

Varias horas después, Aleksei escucha el incesante ajetreo de la impresora desde la esquina en la que se encuentra sentado. Cree haber podido aislar las coordenadas referentes a la posición y a la velocidad de las cápsulas y las está imprimiendo. Antes de terminar siente una gran sacudida que afecta a todo el recinto seguida de un sonido de absorción. Todo el vello de su cuerpo permanece erizado incluso después de cesar. Aleksei deja lo que está haciendo y corre hasta la lanzadera.

COSMONAUTA RUSLANA

Solo hay oscuridad y una voz. Una voz distorsionada y molesta que parece provenir de todas partes para estallar en el centro de su cerebro. Como si alguien hubiese decidido situarse justo encima de su frente para aglutinar todos los graznidos de la galaxia y lanzarlos inmisericorde sobre ella. Los inconscientes espasmos de su cabeza no consiguen repeler aquella tortura, no pueden hacer que se aleje el incongruente monstruo que no deja de bramar sobre ella. Entre sudor frío, al cabo de un espacio de tiempo inmedible, el resonar de los chillidos se va modulando hasta derivar en sonidos inteligibles, pero solo es capaz de reconocer en ellos un sentimiento de urgencia, de preocupación y desasosiego. Pasa un lapso de tiempo fuera de su control asediada por la voz que la apremia con una cadencia imposible. Por fin, entiende que se está dirigiendo a ella, que le está instando a que despierte, a que se incorpore. Ruslana Melkova recobra poco a poco el conocimiento. Quiere obedecer, pero su cuerpo no le responde. Abre los ojos.

Todo está oscuro.

Siente algo frío en el rostro y el cuello, también escucha golpes, pero se encuentra insensible a lo que podrían ser palmadas en su propia cara para reanimarla. La sensación es angustiosa, se encuentra como presa en un cuerpo que no le pertenece. ¿Sufriría algún tipo de coma?

Al recuperar la visión descubre que no se encuentra en el lugar esperado. Pero no ahonda más en aquel pensamiento para atender al dueño de la voz que la está sacando del letargo del criosueño sin dejar terminar la última fase del proceso, en la que, una vez recuperada la temperatura y la actividad vital de las células de su organismo, debería despertarse por ella misma.

—Estoy bien. Gracias. —Intenta no demostrar su sobresalto, pero no oculta su mal humor.

—He liberado las sujeciones, ¿puede incorporarse?

—Creo que sí. Permítame… —dice, evitando la mano que intenta ayudarla a levantarse.

Descubre que su asentimiento, basado solo en el rechazo, ha sido tan rápido como imprudente. Necesita realizar un esfuerzo enorme para conseguir mover su cuerpo. Lo encuentra tremendamente pesado y torpe. Está a punto de perder el equilibrio, pero consigue sentarse sobre la misma vaina que ha guardado su viaje.

—¿Sabe de dónde viene? ¿Cuándo zarpó? ¿Cuál era el objetivo último de su misión?...

Ruslana siente que se va a marear e ignora la infinidad de preguntas a la que le somete el desconocido. Aquel no es el protocolo de llegada previsto. Se recoge la cara con las manos sin abandonar su mutismo a la espera de que aquel sujeto deje de hablar. Intenta recordar para ordenar las ideas. Por supuesto, esperaba un despertar muy distinto. De hecho, esperaba encontrarse sola en Biosfera M; para eso se había mentalizado durante los meses de preparación y para aquel entorno tenía estudiados sus próximos movimientos.

—¿Tiene hambre? ¿Sed?

Sin permitirle responder, el individuo se ofrece para acompañarla a algún lugar para que pueda reponer fuerzas, aunque parece pensárselo mejor y se interrumpe de nuevo.

—Mejor se lo traigo yo. El comedor se ha convertido en un lugar muy poco recomendable.

¿Poco recomendable? Tras aquellas extrañas palabras, el hombre que acaba presentándose como el cosmonauta Aleksei la acompaña a los vestuarios y la deja sola para que pueda desprenderse del traje espacial mientras se aleja a por algo de comida.

Ruslana agradece aquellos momentos de soledad. Todavía se siente pesada y confusa. Pero reconoce por fin la Sala de Entrenamiento donde durante tantos meses ha optimizado su rendimiento físico, intelectual y mental.

Deja que el agua fría resbale por su rostro y empape toda su piel. Permanece así durante un buen rato, masajeándose los pómulos y el cuello. Solo sale de la ducha cuando ya está algo más repuesta. Después dedica un tiempo a observarse en el espejo.

Se acaricia la muñeca al reparar en que el brazalete comunicador, que incide intradérmico en la cara anterior de su antebrazo izquierdo, está fuera de conexión.

Acerca la cara para examinar con detalle sus ojos, sus encías y la piel de su rostro; se mira las uñas, se levanta el cabello y lo estira discretamente para comprobar la fuerza de su raíz; más tarde se separa y ejecuta una serie de estiramientos para chequear su cuerpo desnudo. Por fin, decide que presenta un aspecto más saludable del que esperaba, a tenor de cómo se encuentra.

Nota que bajo las axilas y entre los dedos tiene la piel algo suelta; estira y se desprenden pequeñas escamas. No le concede mayor importancia.

Se acerca hasta su taquilla para vestirse cuidadosamente y se felicita por encontrarse con suficiente fortaleza como para recordar que guarda en el fondo de un cajón una pequeña arma de electrochoque que discretamente camufla en la pernera de su uniforme.

Mientras se cepilla el pelo empieza a reflexionar sobre la situación. No debería encontrarse en el Cosmódromo. No debería… Pero de pronto se acuerda de aquel hombre que la había importunado al despertar. Analiza el insólito recibimiento y se pone en alerta.

¿Será quien dice que es? ¿Cómo podría confirmarlo?

Intenta activar un terminal para buscar el perfil del tal Aleksei. Sin éxito. La intranet no funciona. Acopla el brazalete a uno de los verificadores de identidad para tratar de restablecer la comunicación con la cápsula y usar su amplitud de espectro para contactar con Control de Misión o tener acceso a la intranet. Parece que la sonda se encuentra totalmente inactiva. O el MIK está incomunicado. Unos toques en la puerta interrumpen su intento.

Abre la puerta del *office* femenino y se asoma con desconfianza; de inmediato se encuentra con la mirada de aquel tipo, que la espera.

—Le he traído un poco de todo.

Aleksei le entrega tres tarros de comida preparada de distintas composiciones y sabores y un par de refrescos. Se ve obligada a usar las dos manos para recogerlos.

—Gracias.

Ruslana no sonríe. Toma asiento en un banco del pasillo y se dispone a comer. Da un sorbo con dificultad y se atraganta. Luego prueba un bocado y casi vomita. Tiene ganas de comer, pero el cuerpo todavía parece que necesite más tiempo para recuperarse.

—Lo tomaré más tarde. Ahora no tengo apetito.

—De acuerdo. Entonces acompáñeme. Quiero enseñarle algo.

Sin fuerzas para discutir y ante la premura que evidencia el extraño, se levanta para seguirle sin poner objeciones. Deja la comida en el mismo banco. Ruslana no dice nada, pero enseguida se da cuenta de que, mientras avanzan, todo a su alrededor se encuentra desalojado. Su cicerone la conduce por los subterráneos hasta el MIK y la sitúa frente a dos ventanales marcados con dos aspas blancas.

—¿Y bien? —le pregunta.

—No comprendo —responde Ruslana, encogiéndose de hombros.

—La primera equis la tuvo que dibujar el cosmonauta Yuri, pero no pudo hacer la segunda.

Ruslana, hastiada del irracional comportamiento de aquel hombre, decide no seguirle el juego e interesarse por algo que le preocupa más.

—¿Dónde está todo el personal?

Por la expresión de su rostro, aquella pregunta parece sorprender a su locuaz acompañante.

—Cierto, cierto, cierto… —dice aquel, frotándose las manos—. Acaba de llegar y no tiene por qué saberlo… Nos encontramos completamente solos.

¿Solos? A Ruslana le cuesta encajar aquella respuesta. En silencio, simplemente se limita a observar a su alrededor. El MIK parecía desmantelado y desierto. Pero era completamente imposible que no hubiese nadie en Control de Tierra. El parloteo del hombre interrumpe sus cavilaciones.

—¡Ya está aquí de nuevo! ¿Lo ve? Siempre aparece al otro lado de la segunda equis.

Ruslana se gira y observa los dos ventanales marcados, pero allí no ve a nadie.

—¿Quién es el cosmonauta Yuri?

—Yuri Kokarev es otro compañero. Él fue el primero en llegar… Llegó varios días antes que yo.

Ruslana se estremece. Al parecer se encuentra junto a un paranoico. Se propone no contradecirle hasta que pueda encontrar a alguien más. Incluso teme estar en peligro.

—Creí que no duraría mucho ahí afuera, pero no ha sido así. Siempre lo encuentro en el comedor y tras la segunda equis.

Aleksei permanece durante un rato en silencio. Su penetrante mirada la asusta.

—No podemos dejarlo entrar. Tiene que prometérmelo.

Continúa atravesándola con ojos abiertos e inquietantes que parecen exigir una respuesta.

—De acuerdo —concede Ruslana con toda la solemnidad que puede aparentar.

Su respuesta parece tranquilizarle. La agarra del brazo para que lo acompañe de nuevo. Ella se libera con discreción.

—¿Dónde vamos?

—Estoy trabajando en algo importante. Su llegada puede ser clave para resolver el problema.

Ruslana lo sigue con fingida docilidad. El hombre murmura cosas ininteligibles y ella aprovecha para escrutar cada sala que atraviesan. ¿Estarían, en efecto, los dos solos? ¿Realmente será un cosmonauta?

Se detienen frente a una puerta pequeña. Aleksei le cede el paso. Ella desconfía, es un túnel estrecho en el que nunca antes había estado. Además, se trata de un acceso restringido.

—Adelante.

Acorralada, mira a su alrededor antes de entrar. Aquel hombre cierra la puerta al pasar tras ella. Esto no puede estar sucediendo. El miedo la invade al estudiar la estancia en la que desemboca el empinado túnel. Una CPU destripada, una colchoneta, un atril, restos de comida y todas las paredes empapeladas de hojas repletas de cifras. Aquello solo podía ser obra de un desequilibrado.

El miedo se convierte en pánico cuando le ve atrancar la puerta.

—Debemos llevar mucho cuidado y jamás separarnos. La base quizá no sea segura.

Ruslana guarda silencio, pero al tiempo que se asegura de que tiene a mano el taser, localiza un destornillador casero a su alcance. Después presta atención a las sondas. Hay tres cápsulas idénticas en un muelle con capacidad para cuatro. Aleksei descubre su interés por ellas.

—La última es la sonda en la que usted ha llegado, la primera trajo a Yuri y la del centro a mí. Ahora que disponemos de tres sondas podemos cotejar los datos de sus tres lágrimas negras y quizá consigamos obtener alguna conclusión.

Mientras habla para sí mismo y ajeno a su presencia, el hombre toma otra herramienta casera y se dirige a la cápsula en la que ella, supuestamente, ha viajado. Desaparece en su angosto interior. Al poco escucha unos fuertes golpes, parece que la está destrozando. ¡Dios mío! Tiene que detenerlo.

—¿Qué está haciendo?

Necesita repetir la pregunta tres veces para que le preste atención.

—Trato de averiguar la ruta que hemos seguido y el tiempo que hemos invertido en ello.

—Eso no es necesario, Control de Misión nos pondrá al corriente… —replica Ruslana.

—Control de Misión no existe —le interrumpe—. Su comandante no existe. Solo estamos usted y yo.

—No permitiré que dañe la nave.

—Muy bien. —Tras una larga pausa añade—. No lo haré si usted responde a las preguntas.

Ruslana vuelve a guardar silencio. Realmente desconocía el tiempo que había durado su viaje y la razón por la que había despertado allí y no en la superficie del asteroide Amenotep 696 como estaba previsto para comprobar *in situ* la evolución de la BIOS-M, el ecosistema colofón de las investigaciones llevadas a cabo en la BIOS-3 del Instituto de Biofísica en Krasnoyarsk, Siberia, cuya viabilidad se estaba viendo amenazada por la aparición de un parásito que el Sistema de Inteligencia Artificial no era capaz de neutralizar.

—Se lo pondré más fácil. No me acercaré a su nave si me dice en qué año estamos.

Ruslana siente que le flojean las piernas. ¿Es posible que aquel hombre estuviese en lo cierto y que todo lo que afirma estuviese sucediendo realmente?

—Lo que imaginaba. Déjeme trabajar y coma algo para reponer fuerzas.

Aleksei se introduce de nuevo en la cápsula.

—¿Cuánto tiempo lleva aquí? —le vuelve a interrumpir.

—No lo sé con seguridad. Las marcas que dejó Yuri indican que estuvo al menos cincuenta días. Yo llegué tres días antes de su marcha y posteriormente no seguí haciendo anotaciones.

—¿Dónde está Yuri Kokarev?

—Ya lo ha visto antes. Abandonó la base pese a estar prohibido hacerlo.

—¿Prohibido?

Aleksei ignora su sorpresa y formula una nueva pregunta.

—¿En qué consistía su misión?

Ruslana comprende que está atrapada. Prácticamente no ha tenido tiempo desde que ha despertado para reflexionar sobre el resultado de su misión ni sobre lo que ha estado ocurriendo. Se toma un poco de tiempo para ordenar sus ideas.

—Soy bióloga especialista en Estudios del Suelo por la Universidad Estatal de Irkutsk, y en Sistemas

Biomédicos por la Universidad Estatal Aeroespacial de Samara. Debería haber aterrizado en el asteroide Amenotep 696 para tomar muestras de...

—¿De...?

—De un agente patógeno. Un retrovirus terriblemente degradante e imposible de combatir por el momento con los recursos de que dispone BIOS-M. El Centro Internacional de Sistemas Ecológicos Cerrados me envía para experimentar con un componente químico desarrollado específicamente contra este parásito e inocuo para el ecosistema.

Aquella información despierta sobremanera el interés de Aleksei.

—¿Un virus? Es posible que haya sido el responsable de asolar el planeta... —razona en voz alta.

—¿Asolado el planeta?

—Son solo conjeturas. Pero creo que no se nos permite salir para no infectarnos con ese virus del que habla...

Eso no era posible, aquel tipo estaba completamente loco.

—Ese virus solo existe en el asteroide Amenotep 696 y en la zona más segura de los laboratorios de Roscosmos.

—Claro, claro… ¿Y si el asteroide impactó en la Tierra? —prosigue Aleksei sin apenas atender a sus palabras.

—¿Impactar? Imposible. Su órbita no acarreaba ningún peligro. Era una misión puramente científica.

—Piense en esto, Ruslana Melkova. Su misión consistía en tomar una muestra, procesarla con sus anticuerpos y analizarla, ¿cierto?

—Cierto.

—Ambos sabemos que no es necesaria la presencia humana para una misión de esas características. Sería incluso desaconsejable porque podría complicar las cosas.

Efectivamente. Lo mismo se preguntó ella cuando en el último momento le comunicaron que viajaría para trabajar sobre el terreno. ¿Era posible que la hubiesen engañado con la necesidad de complementar el Sistema IA? Ruslana ataja de raíz sus pensamientos, se estaba dejando llevar por los desvaríos de aquel desequilibrado.

—Creo que Yuri Kokarev está infectado. Le he visto con los ojos enrojecidos y sangrando por la nariz.

—Esos no son los síntomas —aclara Ruslana con una sonrisa apagada—. Afecta a las proteínas como el colágeno y la queratina. El primer síntoma visible es una caída completa del vello corporal. Debilita irreversiblemente los huesos y hace caer las uñas.

—¿Se probó en humanos?

—Realizamos pruebas con animales, pero los síntomas deben ser similares. Además, actúa muy rápido. En cuestión de dos o tres días ocasiona la muerte. Yuri ya debería estar muerto.

Aleksei solo se interesa por una parte de la explicación.

—Dos o tres días. Solo dos o tres días... —de pronto pregunta—: ¿Es contagioso?

Ruslana no quiere alimentar su locura. Pero acaba por responder.

—Hicimos simulaciones. Sería imparable si atacase a los humanos sin ningún tipo de control. En poco menos de seis años quedaríamos todos infectados. Todos muertos. El virus, al no encontrar nuevos huéspedes, moriría como mucho diez años después del primer infectado.

—Diez años. ¡De ahí el salto de diez años!

—¿Qué quiere decir?

—Tengo que corroborarlo, pero creo que los tres hemos saltado diez años al futuro. Y ahora estoy convencido de que lo hicimos para escapar de una pandemia masiva, letal y sin cura. El exterior está en cuarentena o... —Vuelve a realizar una larga pausa—. Quizá lo estemos nosotros...

Sin aclarar nada más, Aleksei Popov vuelve a trabajar en la cápsula. Ruslana no sabe qué pensar. No es posible que aquello sea cierto, simplemente ha construido una historia con la información que ella misma le ha ido ofreciendo para justificar lo que está sucediendo en el Cosmódromo. Por otro lado, la base desierta y el haber vuelto sin aterrizar en el asteroide era algo inconcebible y un mal presagio. ¿Había fallado algo y se había activado el regreso automático? Pero ¿diez años al futuro por el desfase temporal? No había sido informada de un posible desfase temporal. No, aquello no era posible. ¿O sí?

En ese momento Ruslana recuerda una de las afirmaciones de su compañero.

—Antes ha dicho que la base no era segura, ¿por qué motivo?

Aleksei la observa durante unos segundos antes de decidirse a responder.

—Quizá no estemos completamente solos.

—¿Hay alguien más?

—Nunca lo he visto.

—Entonces…

—La segunda equis… Alguien tuvo que hacerla.

Todas sus respuestas parecen disparatadas. ¿Debe impedir que destroce la sonda? Ruslana nada en un mar de dudas. Se le ocurre una idea que quizá pueda detenerle por el momento y permitirle a su vez comprobar si realmente la base se encontraba desierta y dar así más credibilidad a los desvaríos de aquel hombre.

—Disculpe. Si nadie puede entrar o salir de la base… ¿Por qué no la registramos y comprobamos si hay alguien más?

—Ya lo he hecho. Solo se nos permite el acceso a estos dos edificios.

—Quizá el intruso lograse esquivarle. El MIK es muy grande. ¿Revisó los corredores superiores? Ahora, siendo dos, no podría escapar.

Aleksei acaba por ceder y recorren sala a sala el búnker Control de Lanzamiento. Le muestra la pizarra en el despacho del comandante y el problema corregido por él, las marcas diarias que Yuri Kokarev hizo en la pared y sus memorias. Le muestra también la puerta principal con el rótulo de prohibido entrar o salir. Luego revisan el MIK, un mastodonte de casi cuatro mil metros cuadrados, sin olvidar los corredores superiores laterales que conectan las dos enormes grúas puente. En todo momento uno de ellos se sitúa en un punto estratégico para cubrir una posible fuga.

Una cosa es segura, no hay nadie más. En ese aspecto Aleksei Popov había dicho la verdad. Sin embargo, el resto de lo que le había contado pudo haberlo hecho él mismo inducido por su mente desequilibrada. De una u otra forma, la sombra de la duda se había instalado con fuerza en su interior.

Una vez de vuelta al Cuarto de Almacenaje, Ruslana come por fin con ansiedad. Se sienta al acabar en una esquina e, imbuida en sus pasamientos, le deja trabajar en la cápsula. Puede que esté loco, pero no parece peligroso.

—Voy a por más comida —dice pasado un tiempo.

—Le acompaño.

—No es necesario. Es más importante que termine lo que está haciendo para que salgamos de dudas. Necesitamos saber qué está ocurriendo; además, no debe preocuparse porque hemos comprobado que no hay nadie más.

—Pero Yuri…

—Yuri Kokarev está fuera y no puede entrar. No me ocurrirá nada.

Aleksei le permite salir a regañadientes.

Ruslana, por fin libre de la vigilancia de Aleksei, se dirige directamente a la única salida del PK y trata de escapar forzando la puerta. Sin éxito. Corre hacia el MIK para intentarlo por el acceso para personal con idéntico resultado. Desesperanzada, se asoma a los enormes ventanales con la idea de encontrar a alguien y de captar su atención. El exterior también está desierto, un paisaje nevado y desolado que incrementa la sensación de aislamiento. Repara en las dos equis pintadas y se queda un rato frente a ellas para comprobar que, como presuponía, nadie aparece al otro lado. Yuri Kokarev solo debe existir en la imaginación de Aleksei. Tras los rugosos trazos del aspa de la segunda ventana, se recortan en el horizonte las gigantescas parábolas de las antenas que rematan las torres de seguimiento óptico. Allí, plantada, intentando buscar una explicación racional, se da cuenta de que quizá estén a su favor.

Con una nueva esperanza, corre hasta la Sala de Control de Lanzamiento.

Su brazalete omni-site debería haberla mantenido en contacto permanente durante toda la misión con el Sistema IA de su destino, Biosfera-M. Pero su funcionamiento estaba restringido al interior de la sonda en la que viajaba, que se encargaba de amplificar y dirigir la señal. La alternativa que se le ocurre para reanudar la comunicación con su último interlocutor sería proyectar al menos una de las dieciocho parábolas de las antenas hacia el asteroide Amenotep 696.

Los monitores no responden. Lo mismo sucede con el resto de las computadoras, como ya le había advertido Aleksei. De pronto, el parpadeo de un LED en uno de los puertos de identificación le hace recuperar la esperanza. Aproxima la muñeca. Al contrario que en el MIK, consigue acceder a la intranet y tomar el control de las antenas. Les deriva la salida digital de su brazalete intercomunicador y las orienta hacia las coordenadas del asteroide X, donde se encuentran los laboratorios de Biosfera-M.

¡Funciona!

«Solicito log de bitácora desde inicio de Misión.»

«Solicito interfase con Control de...»

Inesperadamente, una ingrávida voz interrumpe sus órdenes.

«¡Atención! Esta vez Ruslana Melkova ha comunicado con IA,...»

Silencio.

Durante una fracción de segundo, la energía del complejo desaparece.

Aturdida e incapaz de explicarse lo que acaba de oír, retira el brazo del identificador. El LED ha dejado de pulsar, pero los monitores no han sufrido cambios.

Corre hacia la puerta para comprobar que sigue abierta.

Se da cuenta de que ha pasado demasiado tiempo y debe evitar que Aleksei sospeche. Vuelve a la Sala de Almacenamiento; no se le ocurre nada mejor. Encuentra la puerta abierta y sin nadie en su interior. Siente un escalofrío. ¿Habrá sido él el responsable del corte de comunicación? Retrocede por el túnel, pero al escuchar pasos vuelve a entrar y se encierra.

Golpes. No abre.

—Le he visto. Estábamos en lo cierto.

Ruslana reconoce la voz de Aleksei. Parece muy excitado, pero completamente ajeno a su episodio con el intercomunicador. Necesita un tiempo para decidirse a abrir la puerta. Aleksei entra en estado de *shock*, con barba de varios días y con las facciones de la cara desencajadas.

—He ido a buscarla al comedor. Usted no estaba, pero sí, Yuri. Esta vez me he acercado a la ventana y él también lo ha hecho… ¿Le ha visto usted también?

Al no responder, Aleksei continúa:

—¡Bozhe moi! Carecía de vello y le faltaban las uñas. ¡Todo es cierto! ¡Está infectado! Todos los indicios nos llevan a deducir que el salto temporal se quedó corto y que el virus sigue activo.

Aquella conclusión impacta a Ruslana, pero pronto se da cuenta de que lo está imaginando todo. Cobra más fuerza la idea de que el pretendido cosmonauta que la asedia construye sus fantasías según interpreta la información que ella misma le va transmitiendo.

—¿También le ha visto? —insiste.

Ante su muda negativa, Aleksei casi la obliga a acompañarlo hasta el comedor. No hay nadie al otro lado del cristal. Aleksei pasea inquieto entre los dos ojos de buey, incluso los golpea con violencia reclamando la presencia del supuesto compañero. Nadie aparece. Coloca una mesa y dos sillas orientadas hacia ellos.

—Aparecerá. Siempre aparece para recordarme que está ahí afuera por mi culpa.

Aleksei se sienta y la invita a que le acompañe.

—He descubierto algo. Puedo mostrárselo mientras esperamos a Yuri Kokarev.

Despliega algunas de las hojas de papel infestadas de números sobre la mesa. Ruslana duda, pero acaba sentándose.

—La tercera lágrima negra, la suya, ha sido clave para poder aislar los datos relativos a la velocidad y la trayectoria de las sondas.

Aleksei señala algunos puntos en los folios.

—Cada una de las tres sondas ha seguido una trayectoria diferente, pero todas han coincidido en un mismo punto. Un punto más allá del Sistema Solar. La velocidad y la distancia recorrida han sido suficientes para poder entrar en desfase temporal;

todavía no he podido procesar esa coordenada. Sin embargo…

Ruslana guarda silencio mientras aquel reflexiona. Poco después continúa:

—No he podido completar la ecuación porque después de ese punto no hay registros en ninguna de las tres lágrimas.

—Quizá fallasen —aventura Ruslana, simulando interés.

—Imposible. Mi compañero insistió en que son a prueba de todo. De hecho, incluso ahora, sin alimentación externa, continúan registrando datos aunque el resto de las naves han dejado de estar operativas. Observe: las trayectorias de las tres naves coinciden en dos puntos. Este, donde nos encontramos, y el que le he comentado, más allá del Sistema Solar. Estos puntos solo pueden ser el de partida y el de llegada. Pero no hay registros del viaje de vuelta…

—Si realmente estuviesen en perfecto estado de funcionamiento, tendrían que haber registrado de nuevo este punto. Es un hecho que hemos regresado. ¿No es así? —interviene Ruslana.

Aleksei vuelve a quedar pensativo.

—¿Insinúa que este es el punto de llegada y no el de partida?

Ruslana no pretendía afirmar aquello, ni mucho menos. Eso era imposible; ella partió a ciencia cierta desde aquella misma base.

—Como le he dicho, me falta asociar la coordenada temporal. Pero antes intentemos otra cosa para que pueda ver usted misma los síntomas de Yuri.

La conduce hacia el hangar de montaje y ensamblaje, mientras insiste en que Yuri suele aparecer tras la segunda equis.

Al poco de acceder al edificio, Aleksei sufre una especie de ataque y, volviéndose de improviso, arremete contra ella señalándola con un dedo acusador. Ruslana no comprende lo que sucede.

—¿¡Por qué lo ha hecho!? No debí permitirle separarse de mí. No debí confiarle la existencia de las equis en los ventanales.

Es en ese momento cuando Ruslana descubre que hay una tercera equis pintada en el ventanal anexo. Hace un momento ella había estado en aquel mismo lugar y solo había dos. ¿Pudo haber sido él al salir a buscarla…? ¡Tuvo que ser él! Sin duda aquellas simples pintadas suponen un grave trastorno para su compañero. Sin duda su estado desequilibrado le hace olvidar sus propios actos. Le ve gritar y gesticular frente a la nueva marca instando al imaginario Yuri Kokarev a que se presente. Los minutos pasan y Aleksei no se rinde. Para Ruslana, cansada, el lamentable espectáculo que observa no hace más que confirmar sus inquietudes. Opta por abandonar la estancia y buscar refugio en los vestuarios, donde se vuelve a hacer un lento y exhaustivo autorreconocimiento sin conceder importancia al tiempo que pueda transcurrir. Con la mente más calmada, decide abordar a Aleksei para exigirle que le explique el origen de la voz que ha escuchado y el del corte de energía.

Sin embargo, nada más salir, se enfrenta de nuevo a la paranoica voz del cosmonauta, reclamándola.

—¡Está aquí! ¡Se lo dije! ¿Qué más pruebas necesitamos? No tiene vello corporal ni uñas.

Ruslana se detiene. El miedo y la compasión que siente al escuchar los desvaríos de aquel hombre desvalido le hacen olvidar el interrogatorio. Aquella situación le ha superado. Quizá haya permanecido varias semanas, incluso meses, atrapado en aquellos dos edificios del Cosmódromo sin encontrar una explicación racional a lo que sucede. Únicamente pudo encontrar respuestas en aquel diario que muy probablemente él mismo haya escrito. El Instituto Ruso para Problemas Biomédicos fuera de dinámica de grupo establece los parámetros de estrés bajo confinamiento. Obviamente Aleksei Popov no los ha soportado. Algo similar le podría suceder a ella si permaneciese tanto tiempo bajo aquellas condiciones de soledad.

Apiadada, vuelve a la gran sala central. Le encuentra inmóvil, con la mano pegada contra el cristal de uno de los ventanales marcados. Ruslana reprime su instinto de volver a huir de allí. Le aterra lo que está presenciando, aunque es plenamente consciente de que no hay lugar dónde esconderse.

De pronto siente una gran vibración bajo sus pies y un zumbido en espiral sobre la cabeza. Mira a su alrededor desconcertada. Antes de poder recobrarse, sorprendentemente, Aleksei está a su lado y la coge de la mano para arrastrarla junto a él.

—¿Dónde vamos? —Ruslana se deja llevar.

—Ha desaparecido con el sonido. Está dentro.

Ruslana no entiende qué quiere decir y tampoco qué está ocurriendo, pero pronto asocia aquella vibración con lo relatado en el supuesto diario de Yuri. Se dirigen directamente a la Sala de Lanzamiento. Ahora hay una cápsula idéntica a las almacenadas allí abajo con la compuerta superior abierta. Aleksei, al comprobar que está vacía, ruge.

—¡Está dentro! ¡Ha venido a por mí!

COSMONAUTA YURI

El más ligero movimiento en cualquier rincón del PK se delata ampliando su cuadrícula en el monitor que observa el cosmonauta Yuri. Una pantalla similar rastrea por secciones el otro edificio. Al hackear una de las terminales, Yuri descubrió que la totalidad de la base estaba vigilada. Alguien les estaba observando indiscriminadamente en todo momento. Aquello solo podía tratarse de algún tipo de simulacro o de evaluación como rezaban los dosieres del comandante Bostok.

Ahora ha tomado el control de todas aquellas cámaras y las usa en su propio beneficio.

La última conversación que había intervenido le había dado una idea. No le costaría mucho modificar su propia imagen. Retocó la grabación de sí mismo y la preparó para proyectarla. De nuevo vuelve toda su atención a los monitores. No tarda en observar cómo la mujer sale sola de la Cámara de Lanzamiento. Es el momento de volver a actuar.

Yuri toma el extintor de polvo seco y abandona la nave de expedición a Marte. Debe actuar con celeridad, fuera de aquella sala está ciego y es vulnerable. Podría ser descubierto.

Se dirige al anexo del MIK donde se encuentran los vestuarios. Después vuelve a la estancia principal y camina con premura junto a los ventanales.

Antes de poder alcanzar su objetivo escucha varias sacudidas insistentes que retumban en aquella enorme superficie; alguien trata de forzar la puerta de personal. Se esconde tras una de las grúas y pronto las sacudidas cesan a favor de unos pasos. Espera hasta que los mismos pasos, tras una larga pausa, se alejan de nuevo. Yuri reanuda la marcha casi a la carrera y libera la espita del extintor. Cruza dos trazos en la ventana contigua a las dos que ya están marcadas. Luego vuelve a su refugio en la nave RSMars. Intencionadamente ha omitido mencionarlo en su diario trampa, pero sabe que es el único que conoce el código de acceso.

En los monitores comprueba que Aleksei ya no está en la Sala de Almacenamiento. Busca en la otra pantalla y lo encuentra dirigiéndose a toda velocidad hacia el comedor. Está solo. Yuri sonríe. Es el momento ideal.

En el instante en el que lo ve entrar en la cafetería, pone en marcha el video que ha preparado sobre la recreación virtual del exterior de la base. Disfruta con la reacción que observa en su adversario. Pagará por todo el daño que le había causado. Sigue su trayectoria en los monitores cuando le ve salir espantado para alejarse precipitadamente.

El anzuelo estaba echado y el pez había mordido. La carrera de vuelta de Aleksei así lo demostraba. Ahora solo faltaba esperar el instante oportuno para el siguiente acto.

Yuri dedica las siguientes horas a componer el último vídeo. Verifica la correcta comunicación con la Sala de Control de Lanzamiento y con la Sala de Almacenamiento. El raíl parece funcionar correctamente. Satisfecho al comprobar que todo está dispuesto, toma un soldador con la intención de chamuscarse todo el pelo de los brazos, de las cejas y de la cabeza. Eso dará un tono dramático al acto final.

Sus dos prisioneros, así considera a Aleksei y, por extensión, a Ruslana, abandonan de nuevo la Sala de Almacenamiento en la que están confinados de *motu proprio*. Se incorpora al ver que otra vez se dirigen al comedor. Observa atento cómo el primero le reclama frente a los ojos de buey. Pronto, piensa, en cuanto se quede solo.

Yuri está listo, pero la aturdida compañera no pierde de vista los cristales exteriores. Impaciente, los ve sentarse frente a los ojos de buey. Les oye hablar con desinterés, pero poco a poco la conversación va captando su atención. ¿Un salto temporal para eludir un virus? ¿Podría ser ese el verdadero significado de los saltos que se mencionan en el dosier?

Yuri apaga el sonido, las explicaciones de Aleksei solo pueden ser un truco. Debe estar engañando a la mujer para deshacerse de ella, al igual que hizo con él. De pronto, Aleksei se pone en pie y abandona la cafetería. Yuri lamenta haber perdido la oportunidad. Pero al verlo dirigirse a los ventanales del MIK dibuja una amplia sonrisa. Allí le espera una sorpresa doble.

La tercera equis surte el efecto deseado. Aleksei parece volverse loco al descubrirla. Yuri aguarda impaciente hasta que Ruslana, obviamente cansada de los desvaríos de su compañero, abandona la sala y lo deja solo. En ese instante acciona el último video. Lo visiona con frialdad desde su escondite y en el momento en el que su yo grabado escribe sobre su propio vaho «voy a entrar», activa la primera cápsula. Confía en que ninguno de los dos bajará para comprobar las cápsulas almacenadas.

Amplía en el monitor la Cámara de Lanzamiento. Pronto, como cabía esperar, entran en escena Aleksei y Ruslana. Se regocija con la expresión desencajada de este al encontrar la cápsula vacía. Sin duda su compañero cree que la sonda acaba de llegar, como han hecho previamente cada una de las suyas, y no que simplemente está preparada para un nuevo lanzamiento. Yuri se venda con parsimonia ambas manos sin perder de vista el monitor. Cuando termina, sale de la nave RSMars. Sabe muy bien cuál será el próximo paso de su colega.

Yuri camina sereno hacia la Sala de Control de Lanzamiento. Al alcanzarla, se sitúa frente a la consola. El proceso está activo. Aunque ha podido iniciarlo desde su ordenador conectado a la intranet, sabe que es necesario superar el último nivel de seguridad. La tradicional llave manual que alguien añadió tal vez por romanticismo. Si dispusiera de ella, la función acabaría entre fuegos artificiales.

Los nueve monitores se han reiniciado y muestran la cuenta atrás a la espera de ser confirmada. Se sitúa frente a la consola que controla el sistema de extinción de incendios del Complejo de Lanzamiento. Presiona los dos botones simultáneamente. Unas ráfagas de luz roja y un sonido amortiguado inundan la sala en la que se encuentra. Aleksei y Ruslana solo dispondrán de unos segundos para abandonar todo el Complejo de Lanzamiento si quieren permanecer con vida.

Yuri abandona la Sala de Control de Lanzamiento y avanza decididamente hacia la estancia en la que se encuentra el túnel de acceso restringido a la Sala de Almacenamiento. Los encuentra a ambos allí, con las escafandras puestas, y sin atreverse a entrar en el túnel cuya alarma tiñe de rojo. Todo se desarrolla tal y como lo había previsto. Ahora volverá a actuar. Se le estaba dando bien lo de ser actor. Yuri se deja ver y avanza trastabillando hacia Aleksei hasta que, manteniendo los brazos pegados a los muslos, se deja caer a sus pies. Ninguno de los otros dos cosmonautas se mueve.

—Ayuda. Ayuda.

Tras un primer momento de indecisión, ambos se separan de él. La sorpresa en el rostro de Ruslana revela que nunca llegó a creer a Aleksei cuando hablaba de un tercer cosmonauta, probablemente una de las pocas cosas ciertas que le contó. Como esperaba, ninguno le brinda ayuda. Tendrán lo que se merecen. Yuri simula su propia muerte. Con total seguridad, el pelo quemado y los brazos vendados dan a la escena una mayor credibilidad y dramatismo. Sin este final de acto, está convencido de que lo asesinarían sin contemplaciones para tratar de evitar el contagio.

Tendido en el suelo y sin poder escucharles, advierte que mantienen un pequeño debate a través de los transmisores integrados en los cascos. La discusión solo puede girar en torno a qué hacer con su cuerpo, mejor dicho, a cómo deshacerse de él. ¿Intentarán usar la cápsula? Imposible, ellos tampoco tienen la llave de lanzamiento. ¿Intentarán volver a expulsarlo de la base, esta vez a su cadáver, a través de la salida secreta inventada en sus memorias? Cualquier alternativa es desesperada porque ambos deben saber que las reservas de oxígeno, aunque todavía abundantes, se acabarán antes de que remita el supuesto efecto del virus. Mientras Yuri trata de adivinar lo que están pensando, siente cómo lo agarran por los brazos. Al principio son rápidos, pero poco a poco sus movimientos se vuelven más lentos y torpes. Ya se habrán dado cuenta de que la mezcla de oxígeno no es la correcta. También habrán descubierto la ausencia de los reguladores de las válvulas. ¿Qué harán? Deben elegir entre quitarse los cascos y exponerse al virus imaginario o arriesgarse a perder la consciencia y morir asfixiados.

Yuri está convencido de que Aleksei no se quitará el casco, pero ¿y la nueva cosmonauta? ¿Ha acabado creyendo los desvaríos de su compañero? Suya debe ser la decisión final; él no será responsable de sus muertes, si así lo deciden.

Los segundos pasan y continúan tratando de cargar con él. La suerte está echada.

La cosmonauta Ruslana es la primera en desvanecerse. Al verla, Aleksei se lleva las manos al casco, pero ya no tiene fuerzas para quitárselo. Yuri aprovecha la ocasión y se incorpora. Revive y se muestra vencedor ante su agonizante compañero, que le contempla desconcertado. Yuri quiere que sea su rostro lo último que vea.

—Para el comandante Bostok solo existe una máxima: La guerra nunca acaba mientras ambos contrincantes estén vivos. —Yuri se cuadra con un

enérgico   saludo—.   Cosmonauta   Ruslana,
cosmonauta Aleksei, nuestra última batalla, es mía.

El duelo ha terminado.

SALA BLANCA

Yuri no ha podido ducharse durante todo el tiempo que ha permanecido escondido. Así que disfruta el momento. Se acicala antes de dirigirse al *living room*. Come sentado en una de las mesas y no furtivamente como se ha visto obligado a hacerlo estos últimos días.

Ha ganado.

¿Realmente ha ganado? ¿En verdad está preparado? Se siente culpable, en especial por la mujer. Pero ella le negó su ayuda. Intenta justificarse sin poder escapar de su propia conciencia. Porque él hubiese actuado igual.

Aceptando por fin sus propias decisiones, anda con paso firme hasta colocarse frente al único acceso de aquel búnker de hormigón y metal. Aunque sabe que todo el exterior es una falsa recreación virtual.

¿Qué habrá realmente al otro lado? ¿Qué querrán los que les están observando? ¿Habrán dado por válida su victoria y le permitirán salir ahora?

El exterior visible es tan real que había conseguido engañarlo hasta a él, acostumbrado a trabajar con entornos simulados. Fue el parpadeo de un píxel al lanzar una silla contra el supuesto cristal cuando se percató del engaño y se convenció de que todo era una suerte de prueba.

¿Ha estado participando en un torneo?

Necesitó un tiempo para hackear el sistema y acceder a las cámaras de vigilancia, a partir de ahí pudo controlar y anticiparse a todos los movimientos de su adversario. Desde la seguridad de la nave RSMars siguió los descubrimientos y los razonamientos de Aleksei. Lo cierto es que le hicieron dudar. Y la duda persiste. ¿Podría tener razón? ¿Les habían lanzado al futuro para evitar una catástrofe mundial? Pero, si así fuese, ¿por qué no informarles? ¿Acaso para que no se filtrase el devastador presagio? ¿Qué hubiese hecho él? ¿Habría tratado de poner a salvo a su mujer y a su hijo?

¿Por qué no tiene instrucciones precisas tras el regreso del salto? ¿Por qué aquel entorno exterior de tramoya? ¿Para aislarlos de la realidad? ¿Por qué las cámaras de vigilancia? ¿Cabe esperar una cuarta sonda?

De una u otra forma había llegado el momento de conocer la verdad. Estaba preparado para enfrentarse a lo que hubiese al otro lado de los muros de aquellos dos edificios, incluso asumiría su responsabilidad si se le acusaba de transgredir órdenes directas. Había preparado la terminal para tomar el control de la intranet e incluso algunas herramientas manuales para forzar la puerta.

Pero no es necesario. Se abre con normalidad. ¿Desde cuándo estaría desbloqueada?

Al atravesar la puerta se ve inmerso en una colosal Sala Blanca.

No está en el exterior.

Una sala en la que nunca antes había estado. De dimensiones similares al MIK, pero tomando la forma de un cubo perfecto. El techo es inusitadamente alto y las paredes teseladas con frías formas rectangulares. El suelo no es sino una mera prolongación. Parece estar dentro de un gran cubo de Rubik blanco. En el centro flota una pequeña plataforma que parece invitarle a subir.

¿Qué era aquello?

—Tome asiento, por favor.

Una voz nítida y ligeramente robotizada inunda el espacio. Yuri, sin dejar de vigilar a su alrededor, acaba por acercarse a aquella plataforma central. No se sienta.

—¿Cómo se llama?

Aquella pregunta le sorprende e inquieta todavía más. ¿Qué pretenden? ¿Quizá corroborar que se encuentra lúcido?

—Por favor, responda con sinceridad a todas las preguntas.

—Cosmonauta Yuri Kokarev.

—¿Tiene familia?

—Sí.

—Diga sus nombres.

—Yulia y Serezha.

—¿Por qué está aquí?

Antes de poder replicar con la misma pregunta, vuelve a rodearle la voz.

—¿Cómo se llama?

— Cosmonauta Yuri Kokarev.

—¿Tiene familia?

Son exactamente las mismas preguntas. ¿Podría tratarse de una grabación? Decide no responder. Contra su silencio, la serie de preguntas vuelve a iniciarse insistentemente. Yuri deja pasar el tiempo hasta que, impotente, decide poner fin al bucle y responder de nuevo.

...

—Estoy aquí tras realizar la misión de exploración.

—¿A qué han venido?

La nueva pregunta es todavía más desconcertante.

—Puedo hablar por mí, no en nombre de los otros dos cosmonautas.

—¿A qué han venido? —le insisten.

—Ustedes nos llamaron.

Yuri mira a su alrededor, no comprende por qué ha dicho aquello. No comprende lo que está ocurriendo. Desde que despertó en el Cosmódromo nada tiene sentido.

—Disculpen…

Al tratar de comunicarse con los interrogadores se reinicia la cadena de preguntas.

—¿Cómo se llama?

Yuri responde con idénticas respuestas hasta llegar de nuevo a la pregunta: ¿A qué han venido?

—Ignoro el motivo.

La respuesta no parece satisfacerles, pues la pregunta se repite.

—¿A qué han venido?

Decide repetir las palabras que ha pronunciado inconscientemente. Parece que es lo que quieren escuchar.

—Ustedes nos llamaron.

—¿Por qué dejó morir a sus iguales?

Ellos eligieron morir. Él no fue responsable, no podían acusarle por ello. Sus elucubraciones se ven interrumpidas al oírse responder así:

—Ya estaban muertos. El objetivo es aprender, nunca interferir.

Yuri abre los ojos desmesuradamente y se masajea la garganta. No comprende lo que le está sucediendo. ¿Por qué responde de esa forma? Lo más desconcertante es que sus inquisidores parecen aceptar, incluso esperar tales respuestas.

—La última vez nos dijo…

—¿¡La última vez!? ¡Nunca he estado aquí! Se han vuelto completamente locos —estalla Yuri.

La voz parece dejarle desahogarse y vuelve a iniciar la tanda de preguntas desde el principio.

—¿Cómo se llama?

…

Al llegar a la última pregunta, Yuri se deja caer al suelo, hastiado. Guarda silencio.

—Si no responde será eliminado.

—¿Qué es eliminar?

El cuerpo y la voz de Yuri no son más que el vehículo comunicador de quien está respondiendo.

—Pronto dejará de existir, ¿lo comprende?

—Eso no es posible.

Yuri, relegado a un segundo plano, asiste a una abstracta conversación en la que no interviene activamente. Solo escucha preguntas y respuestas. ¿Habla su subconsciente? ¿Es posible que a lo largo de su viaje haya adquirido conocimientos que no le pertenecen? ¿Pérdida de memoria?

…

—¿A qué han venido?

—Ustedes nos llamaron.

—¿Cómo les llamamos?

—Creando una conexión. Ustedes nos llaman y nosotros vamos. Y volvemos. Indefinidamente.

—¿Cómo podemos eliminar esa conexión?

—No pueden y nunca obtendrán una respuesta diferente de ninguno de los tres. Ninguna vez. Nadie puede eliminar lo creado. No existe lo que ustedes designan con la palabra eliminar.

—La última vez…

—No hay última vez. Siempre es la misma vez.

—¿Qué ocurrió con la sonda original enviada en 2020? ¿Y con el navegante?

—Es la misma sonda y el mismo navegante el que tiene ante usted. Siempre es la misma vez.

—No es cierto. Usted no es Yuri Kokarev y tampoco los otros dos cosmonautas desaparecidos. Yuri está muerto.

—La muerte, como ustedes la conciben, no existe. Es solo un estado más.

—En otras ocasiones se ha comportado de un modo diferente. No tan extremo.

—El entorno no siempre es idéntico. Ustedes lo denominan *efecto mariposa*.

—Queremos que esta situación termine.

—Cada vez estamos más cerca.

—Miente. No hemos detectado variación en los registros del punto de contacto.

—Es el conocimiento lo que nos acerca, no la distancia. La distancia es relativa.

—Sus respuestas no nos ayudan. Sabe cómo acabará esto, ¿verdad? El fuego le consumirá por completo. Esta sala es un gigantesco horno.

—Nunca terminará, no ha hecho más que comenzar.

—Ustedes lo han querido. Iniciamos la combustión.

COSMÓDROMO

El cosmódromo de Vostochni realizó su último lanzamiento oficial nueve años y dos meses después del primer lanzamiento del cohete Soyuz 2.1a el 28 de abril de 2016.

Un año después de este último lanzamiento, la Agencia Espacial rusa Roscosmos y el Gobierno ruso comunicaron el cese de todas las operaciones del Cosmódromo y el desalojo de los más de quinientos edificios que lo componían.

Aquí no ha pasado nada.

La joven ciudad de Tsiolkovski no tardó en ser también desalojada. Las últimas imágenes muestran un paraje desolado donde el tiempo parece haberse parado. Hierba crecida en el estadio y los bajorrelieves soviéticos del centro infantil cubiertos de musgo; el monumento a Yuri Gagarin, primer hombre en el espacio, decapitado entre arbustos y aguas cenagosas. El fin de una era.

En la que nada pasó.

Se restringió el espacio aéreo en un radio de miles de kilómetros y cualquier intento de acceso por tierra quedó terminantemente prohibido bajo la pena capital. Algunas imágenes no oficiales muestran una enorme valla cercando los más de mil kilómetros cuadrados que se dedicaron a las instalaciones del Cosmódromo. Descubren también presencia militar en nuevas instalaciones no anunciadas.

Se negó cuanto hubo pasado.

El oscurantismo es total. Fuentes no gubernamentales afirman que el desalojo está directamente relacionado con el lanzamiento de cuatro misiones no oficiales que se llevaron a cabo desde una lanzadera experimental a lo largo de diferentes años.

Misiones secretas.

Solo los denominados elster o espectros de Siberia pueden arrojar algo de luz sobre la verdadera situación actual del Cosmódromo. Desde el anonimato afirman que sigue operativo, que lo han visto con sus propios ojos en incursiones clandestinas. Pero de momento nadie se atreve a hablar.

Nadie dice nada.

¿Qué nos ocultan los medios autorizados? ¿Existieron aquellas cuatro misiones? ¿Cuál fue su objetivo? ¿Sigue en funcionamiento el Cosmódromo?

¿Qué eclipsa aquel crítico emplazamiento? Nos envanecimos cuando nos dejaron descubrir que las minas de carbón ocultaban silos de misiles. Pero ¿eran realmente misiles? El lugar es un vórtice de energía e incógnitas. ¿Qué ocultó realmente la efímera Tsiolkovski? ¿Y si fue lo mismo que se oculta hoy en su Cosmódromo?

Confío que este *post* haya sembrado la duda en sus corazones.

Seguiré informando.

Kevin Wolve.

TREINTA Y OCHO MESES DESPÚES

COSMONAUTA YURI

«Una sonda de exploración no está preparada para llevar tripulantes».

Ese fue mi primer pensamiento al recobrar la consciencia. Exactamente el mismo que antes de someterme a la sedación. Incluso llegué a pensar que el tiempo no había transcurrido y que por lo tanto seguía en la vaina de criosueño aguardando la ignición, lejos del control táctico de lo que iba a ser una exploración espacial teleguiada y paradójicamente tripulada por un único cosmonauta…

FIN

Otras obras del autor:

Luna Apogeo
Nuevo Mundo (Luna Apogeo parte II)

Bestseller. Decenas de miles de ejemplares vendidos y más de 100 días número 1 en ciencia ficción.

Sobre el autor:

RUBÉN AZORÍN ANTÓN nació en Alicante a mediados de los setenta, en las postrimerías de la carrera espacial. Obtuvo la Licenciatura en Ciencias Económicas y la Diplomatura en Ingeniería Técnica Informática por la Universidad de Alicante al tiempo que la estación espacial MIR acababa sus días, a finales del siglo XX. Actualmente, se encuentra finalizando la Licenciatura en Administración y Dirección de Empresas, espera completarla antes de que China conquiste la Luna.

Trabaja desde 2002 en NEXUS A&C, compañía líder en e-commerce y marketing online, de la que es socio fundador, y empresa madre de NEXUS Game Studios, dedicada a la producción y desarrollo de videojuegos.

Apasionado del cine y la lectura desde niño, dedica a estos intereses sus horas de sol y vigilia, sintiéndose en su ático como en la biblioteca de la abadía. La ciencia ficción ha sido la piedra de toque que le ha lanzado a la aventura literaria con APOGEO, su primera obra y la que parece ser el comienzo de una atractiva carrera. Con una ciencia ficción creíble, cercana y que, sin duda, será del gusto de muchos lectores.

La obra sigue viva en:

www.lunaapogeo.com
http://bit.ly/lunabooktrailer
www.facebook.com/lunaApogeo
@rubenazorin

Printed in Poland
by Amazon Fulfillment
Poland Sp. z o.o., Wrocław

66010695R00083